映画ノベライズ

ヒロイン失格

せひらあやみ
原作／幸田もも子
脚本／吉田恵里香

♥ CONTENTS

映画ノベライズ

ヒロイン失格

プロローグ

今日は空が青い。

それはもちろん、今日が晴れだからなんだけど。

でも、そんなことはどうだっていい。

あたし、松崎(まつざき)はとりにとっては、よく晴れた青空だって、ぽっかりと浮かぶ白い雲だって、脇役(わきやく)も同然。

だって、今、あたしの視線の先には、大事な大事な、——大好きな人がいるのだから。

その人は、通学路の途中のアスファルトの上に立ち、スマホを手に持って青空を撮っている。

うまく撮れたのかな。

その人は無言で撮れた写真を眺めている。

――彼は寺坂利太。

この物語の、ある意味ヒーロー。

利太は、さらさらの柔らかそうな黒髪に、つるつるの美肌とすっきりシャープな顎をしている。よく見ると目元はくりっとしていて、結構可愛い。

はとりの脳内ビジョンでは、利太の上に『ヒーロー』の文字がハッキリ見えた。

そう。

誰がなんと言おうと、利太はあたしの恋物語のヒーローなのだ。

そう思ってまた利太の姿を見つめようとして、はとりは目を瞬いた。

あれ、え、ちょっと待って!?　いつの間にか利太が幼稚園児に囲まれちゃってるんですけど!?

驚いているはとりの前で、ひとりの幼稚園児が、利太に大きな声でこう尋ねた。

「ねえ、ＵＦＯ!?」

その声と同時に、幼稚園児ばかりでなく、通行人のサラリーマンなんかまでもが利太の見る空をいっしょに目を凝らして見つめだす。どうやらあの人たちは、利太が熱心に空にスマホのカメラを向けているのは、空になにかおかしなものでも飛んでいるからだと思ったらしい。利太はスマホで写真を撮るのが好きだから、ただ青空を撮っていただけなのに。

「……」

利太は、戸惑って背後の集団を見まわした。困惑しつつ、利太はその場から歩き去ってしまう。

困っている利太も、可愛いな♡

その背を見ながらひとりにやにやとしつつ――、はとりは利太のあとを追った。

これが、松崎はとりと寺坂利太の、日常生活。

イヤホンで音楽を聴きながら学校へ向かう。

これが、利太(りた)のいつもの登校スタイル。

イヤホンを耳に突っ込んでいるだけで、利太は絵になる——気がする、はとりには。

しかも、そう見えてしまうのは、はとりだけではないらしい。

——人見知りで協調性ゼロ。ひとりが好きなくせに寂(さび)しがり。でも、そんな感じが逆にクールで母性本能をくすぐるらしく……。

校門を通り抜けた途端、次々に利太に声がかかる。
それも、女子からばっかり。
「あ、寺坂おはよ～」
「おはおは～」
我先にと利太に挨拶をしてきたのは、クラスメイトのヒトミとマホだ。
でも、利太の返事は、素っ気ない。
「おう」
イヤホンも外さないで、頭をちょっと下げる。
ただそれだけ。
よく見れば、無言で利太の横をさっと通りすぎるかのような子もいる。
でも、はとりの目から見れば、利太を意識しまくっているのがまるわかりだ。
利太は――無駄にモテる。
でも、利太はまったく興味なし。
たとえば、利太に、気合い１００％の笑顔で挨拶している女子。
まぁ、この子はあからさまに色目使ってるけど、まったく認識されない当て馬役。
んで、利太の隣を通りすぎるだけでも挙動不審になっちゃっている、あの子。

こっちは、利太と目が合っただけで満足しちゃう通行人役だもん。

超余裕。

全然、敵じゃないって。

自信満々にそう思って、はとりは、ライバルたちを眺めた。

はとりの脳内ビジョンに、次々キャラ紹介の言葉が浮かぶ。

利太は、もちろんヒーロー。

そのまわりに群がる奴ら(やつ)は、

同級生A、

エキストラ、

一度消しゴムを借りた人。

ものの数にも入らない、脇役(わきやく)ばっかり。

——え、じゃあ、あたしはなに役だって？

そんなの、決まってる。

通学路のド真ん中に立つと、満(まん)を持(じ)して、はとりは、とっておきの笑顔で利太に手を振った。

「利太！」

すると、利太はイヤホンをはずして顔をあげて、はとりを見た。

そして、ちょっと笑う。

「……おう」

返事はシンプルそのものだけど、こもっている愛情……、的な、親近感が違う。さっきの脇役女子に答えた『おう』とは、おなじ『おう』でも、全然違う『おう』だ。だって。

——あたし松崎はとりは、これから利太と結ばれる予定のヒロイン！

力を込め、自信満々にはとりはそう思った。

はとりの脳内ビジョンに、ガッツリはっきりドでかく、自分の頭上に『ヒロイン』と表示される。

ヒロインの文字を背負いながら、はとりは、利太のもとへと走った。

……のだが、前をよく見ていなかった。利太のもとにたどりつく前に、すぐ前にいた見ず知らずの男子に思いっきりぶつかって倒れてしまう。

「んが！」

いったー……！　うう、思いっきり鼻打った！　その上尻もちまでついちゃって、もう、なんなのよ。

すると、痛がるはとりを見て、利太が笑う。

「ははっ」

利太は、いつものようにすぐにスマホをかまえ、はとりを写真に撮った。それも、角度を変えていろんなショットで。利太にとって写真を撮ることは、趣味というよりもうクセみたいになっているのだ。決定的瞬間と思うと、利太はすぐにスマホを出す。今も、撮れた写真を見て満足すると、利太はふたたび歩き出した。

そんなヒーロー――利太の様子を、はとりは、じっと見つめた。

――利太がヒーローの物語だとして、あたし以上にそのヒロインにふさわしい子って、いないもん。

どうしてかって？

幼なじみだよ。

利太のこと、誰よりそばでず〜っと見守ってきたんだよ？

――そう、あの日から、ずっと……。

利太と出会ったのは、おなじクラスになった七歳の時のことだった。

新しいクラスにもようやくなじみはじめたある日、事件は起きた。

教室のドアを開け、今から思えば小さかった机や椅子の並ぶクラスのなかへ入ると、はとりはハッと息を呑んだ。利太が、男子たちに囲まれていたのだ。

「なぁ、おまえんちの母ちゃん、家出したってマジ?」

そう聞かれた利太は、黙ったままうつむいた。すると、追い打ちをかけるように、他の男子たちが次々に声をあげる。

「ちげぇよ、カケオチ！」

「カケオチ⁉」

「すげぇ、ドラマみたいじゃん！」

男子たちが、そう騒ぎはじめる。

利太の母親は、急にいなくなったのだ。

あとで聞いた話では、歩道橋の上で、利太のお母さんは利太の手を離して、よその男の人とどこか遠くへ行っちゃったんだって。

でも、まだ、そんな事情は誰も知らない。

利太をからかうクラスメイトの男子たちに、突然、椅子をガタガタと鳴らして利太は無言で立ち上がった。

「おおっ？　怒った？　怒ってる？」

そうからかってきた男子に、利太は黙ったまま頭突きをした。

「ふぎゃっ⁉」

同級生が悲鳴をあげるのにもかまわず、利太は椅子を振りあげて周囲を威嚇（いかく）する。

「うわぁ！　キレた！」

一瞬で、教室は大騒ぎになった。からかってきた男子たちが教室から逃げ出し、利太も、そのあとを追おうとした。

その瞬間。

「やめねぇか！　利太！」

はとりは、椅子を振りあげている利太の前に立ちはだかった。

「!?」

驚いている利太に、はとりは、クセのある口調でこう啖呵を切る。

「ほっときな！　あんな奴らダチでもなんでもねぇ！」

——なんでこんな熱くなってるかというと、ちょうどそのころ、ごくせんのヤンクミにハマってたんだよね。

ヤンクミを意識しつつ、はとりは、利太をこう諭した。

「……利太、よく聞きな……。どんな時だって、あたしはアンタの味方だよ」

決まった。

はとりは、この時そう思った。

ドヤ顔全開のはとりを見て、利太は、しばらくあっけにとられていた。

けれど、やがて、我慢できないとばかりに、ポロポロと涙を零しはじめる。

「！」

その涙を見た瞬間、はとりは、はっと目を見開いた。

利太はきっと——本当は怒ったんじゃなくて、とてもつらかったのだ。

その時はまだ、そこまで深くわかったわけじゃない。けれど、利太の涙を見たはとりの胸は、確かにキュンと高鳴ってしまった。

——ふたりはただの同級生。

でもこの時、恋がはじまった。

その日、はとりは、ずっと、泣いている利太のそばにいた。利太は、歩道橋の上にはとりを連れていって、泣きながら夕日を見つめていた。

夕暮れ色に染められた歩道橋の下を、ヘッドライトを光らせた車が走っていく。遠くに立つ高いビルも、夕日を受けて輝いていた。その時のはとりの瞳には、なにもかもがキラキラとして、特別な光景に見えた。

胸の高鳴りはいつまで経ってもおさまらなくて、夕日を眺めながら、はとりはずっと、隣の利太ばかりを意識していた。

あの瞬間のことは、今でも鮮明に覚えている。

——あたしは、自分のこと守ってくれるような人に憧れてたんだけど……、利太を、守ってあげたいと思うようになった……。

泣いている利太の頭を撫でてあげると、利太ははとりを見た。

利太は、きっとひとりになりたくないんだ。なら、はとりが、ずっといつまでも利太のそばにいて、利太を守ろう。

はとりは、そう決意した。

利太に、はとりのその思いは届いたのだろうか？　幼いふたりは、お互いの瞳をしっかりと見つめ合った。

夕日が、小さなはとりと利太を、優しく染めていた。

――そして、成長とともに、その想いが愛へと変わる……。

scene3

「ね、これぞ真実の愛って感じっしょ？」

うっとりとしながら、はとりはそう語った。

ここは、幸田学園高校の学食。大きな窓がたくさん並ぶテラスみたいになっているこの学食は、晴れの日の昼休みには太陽の光がいっぱい入ってとても明るい。テーブルも椅子もカラフルに彩られてすごくオシャレで清潔感があって、いつも昼休みは生徒たちでにぎわっている。

今日もいつも通りにぎやかな学食の席で、はとりの前には、中学校からの親友である中島杏子が座っていた。

切れ長の涼しげな目元で、髪をボブにカットしている中島は、見た目の印象通りちょっと冷めた奴だ。

考えていることはなんでも打ち明けるはとりと違って、なかなか思っていることを言わないし、自分の恋バナもあんまり暴露したりしない。

でも、腐れ縁ってやつなのか、結構この中島とは話が合う。

突っ込みスキルは超一級の中島が、自分に酔いまくっているはとりに、うんざりした様子でこう答えた。

「なら、さっさと告れば？」

「ん？」

余裕顔で、はとりは、中島の突っ込みを受けた。

親友だけど、中島の役どころは、『エキストラ』ってところだ。

脳内ビジョンが表示した『エキストラ』の文字を眺め、はとりはふっと笑い、中島にこう言った。

「愚かなる中島、略してオナカよ」

「は？」

「わかっとらんね、ラブストーリーのセオリーが。主人公が真実の愛、トゥルーラブに気づくまで、ヒロインはがっつかない……それが王道パターン!!!」

気合いと確信を込めて、はとりは、そう叫んだ。

だって、利太に今告っても、つき合えるかどうかわからない。

利太は今のところ恋愛に興味がないみたいで、それは、本気で好きになった人に離れていかれるのを怖がっているからなんだけれど、それをわかっているだけにいくらはとりが幼なじみといっても簡単に告白はできない。あっさり振られてしまっては、元も子もない。気持ちが伝わればいいなんていう自己満で動く当て馬キャラと、この物語のヒロインであるはとりは、違うのだ。

けれど、今は恋愛に興味がなさそうな利太も、ずっと思い続けていれば、結局最後は真実の愛に気づくはず。だって、利太をこんなに理解しているのは、あたしくらいのものなのだ。

だから、いつか、いつか利太は、あたしがいつもそばにいるってことに、気づいてくれるはず♡

いつも通り、はとりが暴走気味にそう思い込んでいると、中島が呆れた目でこちらを見た。

「んなこと言って、誰かのものになっちゃって後悔しても知らないよ」

「え、やだ、もしかしてジェラスィ～ですかぁ？」

中島と違って、あたしは真実の愛を知っているから……♡

そう思って、はとりが親友の前でさらに調子に乗ろうとしたその時だった。

ふいに、ガシャンと食器の落ちる音が響く。

「!?」

驚いて、はとりと中島が音のした方を見ると、メガネをかけた地味な女子が、頭に大きく剃り込みを入れたいかにも悪そうな不良男子ふたりに囲まれていた。床には、ラーメンが散らばっている。

ラーメンをめちゃくちゃにしたそいつらは、標的のメガネ女子に、わざとらしくこう言った。

「安達さん、ごっめ～ん」

「今、拾ったげるね」

安達と呼ばれた、今時どこでカットしてもらってんだっていうそのオカッパ頭のメガネ女子は、戸惑った様子でうつむいている。彼らは、散らばった安達のと思しきラーメンを素手で拾い集め、器に戻した。

　不良に絡まれているオカッパ女子を見て、はとりはハッとした。

「あのメガネっこ、うちのクラスの」

「タバコ吸ってるところ、あの子にチクられたって」

「うわ小さっ！」

　見ている全員がそう思っているなか、威圧感だけは満載の不良男子たちが、安達をニヤニヤと囃し立てる。

「ほら、早く食えよ。伸びちゃうよ、麺が」

　すごく、感じの悪い言い方。すると、もうひとりが調子に乗って、ノリよく手拍子まではじめた。不良たちの囃すアダチコールが、学食に響いていく。

「アッダッチ！　アッダッチ！」

　いかにもおとなしそうな安達は、うつむいたままテーブルを見つめている。

「……っ」

　黙って見ていられず、はとりは、思わず立ち上がった。

（やめなさいよ、あんたたち‼）

　と、心の声で叫ぶ。

すると、横の中島が冷静な突っ込みを入れた。

「はい、叫ぶなら声出そうねぇ～」

けれど、はとりと中島がやり合っているうちに、不良たちの手拍子と声は、どんどんエスカレートしていった。

見ている全員がドン引きしているのは確かだが、怖くて誰も止められずにいるのだ。調子づいた声が、静まり返った学食に響き続ける。

「アッダッチ！　アッダ……」

すると、不良たちのバカな手拍子と声をさえぎるように、誰かが口を開いた。

「くっだらねぇ」

その声は、静まった学食内で、やけにはっきりと聞こえた。驚いて、はとりはハッと息を呑む。

「……!?」

目で見なくても、声だけで誰だかはとりにはわかった。

そこには、案の定、定食のトレイを持ったはとりのヒーロー――利太の姿があった。

不良男子は、安達を囃すのを止め、今度は利太にすごんだ。

「あ？　おまえ、今なんつった？」

安達に対して囃していた時と違って、明らかに脅すような声音だ。

しかし利太は、臆した様子もなく安達の前に座ると、しれっとこう答える。

「くだらねぇ。ガキかよ。バーカ。つった」

いや、そこまでは言ってなかったよ⁉

利太らしいといえば利太らしい反応だけれど、今はさすがにまずい……！

あわててはとりは、利太に小声でメッセージを送った。

「利太、空気読んで⁉」

しかし、時すでに遅く、不良たちは激昂して、利太につかみかかろうと、手を伸ばす。

「てめぇ！」

一触即発。

はとりは、思わず目をつぶった。

けれど、その時だった。

利太が引っつかまる前に、不良ふたりを、ふいに現れた学食のオヤジがつかまえる。

「困りますよ、お客さん」

「⁉」

はっとして目を開けると、こんがりと焼けた黒い肌をした学食のオヤジが、不良たちをじろりとにらんでいるところであった。和食の鉄人めいた紺色の作務衣に身を包んだ学食のオヤジは、見た目に違わぬ渋い声を響かせ、不良たちをこう諭す。

「飯は静かに食うもんだ」

その声には、渋いばかりではない迫力が込められていた。不良たちを超えるガタイのよさときつい目力には、なにやら不穏な底力が感じられる。

学食のオヤジは、ガタイのいい不良ふたりの首根っこを両手で引っつかまえ、くわっと白目を剝くと、いとも軽々とふたりを持ち上げてしまった。

ググッと身体を持ち上げられ、ついには両足が床を離れ――、不良たちは一気に青ざめた。

「離し、て⁉」

悲鳴のように、不良たちは叫んだ。

不良たちを黙らせたオヤジの実力に、学食内に自然と拍手が湧く。生徒たちの拍手と称賛の目に包まれながら、学食の渋いオヤジは青ざめている不良たちふたりを悠々と持ち上げたまま、さっさと外へと連れ出してしまった。

なに者なのだ、あの学食のオヤジは……⁉

そう思ったけれど、なにはともあれ謎の学食のオヤジによって不良たちの姿が消えると、はとりはほーっと息をついた。

一方、利太はといえば、なにごともなかったかのように、そのまま標的になっていた安達の前に腰かけている。

ビビった様子のかけらもない利太にうっとりし、はとりは得意になって、中島にこう自慢した。

「オナカ！　見た！　利太の勇姿を！」

すると、中島は寒々しい目ではとりを見てくる。

「助けたのオヤジじゃん」

「昔からああいう地味で浮いてる子ほっとけないんだよねぇ、利太は。優しさダダ漏れちゃってるよねぇ」

うっとりとしているはとりに、中島はやれやれとばかりに肩をすくめた。

「さっきから話が全然噛み合わないんだけど？」

中島の突っ込みを華麗にスルーし、はとりは、利太の姿を見つめた。

ちょうど、利太が、目の前に座る地味女子・安達に、海老フライを差し出したところだ。

優しい♡

こういうところが、利太のいいところなんだ。

男子、女子を問わず、浮いている人を放っておけなくて、さりげなくフォローする。ひとりにされちゃう寂しさやつらさを、利太は誰よりもよく知っているから、ちょっとくらいまわりと違う状況にいたり変な趣味があったって、笑ったり避けたりはしないのだ。

普段は愛想ないから、まわりには伝わりにくいけれど。

利太は、差し出した海老フライを示し、安達にこう尋ねた。

「いる？」

すると、安達は小さな声で、利太にこう答えた。

「私みたいなのと喋らない方がいいですよ……」

けれど、安達の言葉に利太は顔色ひとつ変えることはなかった。海老フライに加えて、自分の皿をさらに指さしてこう言う。

「……トマトもやる、俺きらいだから」

「え、あの」

戸惑っている様子の安達にかまわず、利太は自分の皿を隠してこう言った。

「あ、肉団子はダメだかんな」

「じゃなくて、私といるとイメージが悪くなります……」

「アホくさっ」

「え」

「人の目なんて、どうでもよくね？」

「⁉」

安達は、驚いた顔で利太を見つめた。

「なると」

利太は、安達の胸にくっついていた、なるとを指差した。

ハッとして、あわてて安達は胸のなるとを取る。安達の頰は微妙に赤く染まっていたが、
それはどうやら恥ずかしさから来るものだけではないようだ。

そんな安達と利太を見て、中島は目を細めた。

「いい雰囲気じゃん、あのふたり。……いいの？」

「いいんじゃない？」

またも愚問を発してきた中島に、はとりは、そう答えた。

それも、中尾彬の声真似で。

本人登場かと見まがうそのクオリティの高さに、さすがの愚かなる中島もぎょっとする。

「え、なに、中尾彬⁉」

はとりは、ふふんと笑った。

「所詮は彼女、脇役でしょ？　オカッパメガネの六角精児ちゃんに、ヒロインは負けたりしないの！」

自信満々にテーブルをたたいて立ち上がると、はとりは宣言した。

「最後に勝つのは、あたしッ‼」

――でも、ヒロインにだって、ときどき誤算はある……。


利太からの報告に、はとりの顔面は真っ青になった。

「……ええっ⁉」

驚くはとりに、利太は、もう一回おなじことを言った。

「だから、安達さんとつき合うことにした」

「は、え、あ、な、なんで⁉」

「告白されたし、なんかいい人そうだから」

って、
なんで六角精児なんかと⁉

あんな子、全然利太のタイプじゃないはずなのに。

思わず、はとりはガーッと顎を落とした。

けれど、はとりの驚きなんてかまわずに、利太はさっさと歩き出す。

「ほら、帰るぞ」

「あ！　あ！　わかった、あれでしょ！」

「？」

そうだ。利太はこう見えて、弱い立場の人に優しい奴なのだった。はとりは、あわてて利太の気持ちを勝手にこう決めつける。

「地味で浮いてる子に告られて、断れなかった！」

「は？」

「確かに！　号泣したり、不登校とかなったら困るしね、優すぃーな利太～」

はとりの言葉に、利太はきょとんとして肩をすくめた。

「なに言ってんのかよくわかんね」

利太の答えを聞き流し、はとりは、あせる自分をなんとか納得させた。

まあ、また新たな脇役が現れたようなもので、大した事件じゃないはずだ。気にすることはないし、もちろん、あわてる必要なんて少しもない。

はとりと利太は、いつものようにロッカーへと向かった。ピンクとブルーのツートンカほらといる。

ラーで彩(いろど)られたロッカーのまわりには、他にもこれから下校しようという生徒たちがちら

ロッカーは上下二段に分かれて出席番号順に割り当てられていて、利太のロッカーは上の段にある。利太が手をあげて自分のロッカーを開けると、なかからゴミがドサドサと落ちてきた。

「!?」

なに、これ?

そう思っていると、うしろから声がかかった。

「あれぇ～、どうしちゃったのかな?」

そこには、ニヤつくあの不良男子たちの姿があった。利太をおちょくるように、不良のひとりが泣き顔を作る。

「なかからゴミがいっぱいだー、ママ。うえーん」

わざとらしい声が、ロッカーが並ぶ昇降口(エントランス)に響く。

なんてくだらないことをする奴らだ!

はとりは、不良たちをにらみつけ、力を込めて叫んだ。

「サイテー!」

「あぁ⁉」

「あ、すんません」

すごむ不良の迫力に、思わずはとりは即座に謝っていた。

利太は、はとりの手を引き、こう言う。

「相手にすんな」

「でも」

はとりは、利太の顔を見あげた。

あの日、歩道橋で夕日をいっしょに見た時に、決めたのだ。

利太のことは、あたしが守ると。

だって、あたしは、誰より利太の味方だから。

他の誰よりも、あたしが利太を愛しく思っている。急に利太とつき合いだしたポッと出の安達なんかより、絶対、絶対。

けれど、すかさず、不良たちが利太に絡んでくる。

「で、ビビってんの？」

「は？」

利太が、少しも引かずに、イラッとした顔で不良たちを見る。

「ビビってんじゃないですかあ！」

やばい……！　完全に煽(あお)り合いになっている。

けれど、はとりがおろおろしているうちに、不良のひとりが吹っ飛ばされた。

「ぐわっ⁉」

「……⁉」

驚いて目をやると、そこにはあの安達が立っていた。

すぐに安達は、地味な見た目にそぐわない鋭い蹴(け)りをもう片方の不良にお見舞いした。

そいつも、体当たりされた不良同様に、ふっ飛んでいった。

「⁉」

あわてて不良は立ち上がり、安達を威嚇(いかく)する。

「おいブスッ⁉」

「殴(なぐ)るなら、どうぞ！」

「‼」

「でも……、寺坂(てらさか)くんに手を出したら、絶対許さない」

安達は、ビビって震えながらも、不良たちにそう宣言した。

不良たちは一瞬黙ったけれど、このまま終わりなんてありえない。このままだと、利太の代わりに、このオカッパメガネ女子がボコられてしまうかもしれない。

そうあわてていると、ふいに、天の助けの声が響いた。

「誰かぁ‼　喧嘩で～す‼」

その男子生徒の声のあとで、間髪をいれずに無駄に渋いあの学食のオヤジが現れた。学食オヤジの姿を見て、不良男子たちはそろってぎょっとする。

「⁉」

「やべっ」

息を合わせたように、不良男子ふたりはとっとと逃げ出した。

このビビりよう、あの時学食でオヤジに回収されたあと、いったいどんな目に遭わされたんだろう？

そう思っているうちに、オヤジの渋い怒声が、ロッカー前に響く。

「お客さ～ん！！！！」

なぜかお玉を手に持った学食のオヤジは、不良たちを見つけるなり大激怒した。そしてそのまま、ワイヤーアクションばりに迫力ある足さばきでドスドスと廊下を蹴って、飛び上がって壁まで駆けながら、オヤジは猛烈なスピードで不良たちを追っていった。

「オヤジ！　行け‼」

はとりは、気合いを込めて学食のオヤジを応援した。

オヤジは、はとりの応援を背に受けながら、不良たちとともにあっという間に廊下の向こうへ消えてしまった。

不良の姿が見えなくなると、ほっとして、はとりは、利太の方へと振り返った。

「……助かったぁ～、ね！」

そう言った直後、はとりは、固まってしまった。

気がつけば、利太と安達が、はとりの目の前で、じっと見つめ合っている。

――……あれ……。

なにこれ。

安達は、緊張が解けたのか、ペタンと利太の前に座り込んだ。

「怖かったぁぁ……」

「あほ、なにしてんの」

戸惑いと、安達の無事に安堵（あんど）した思いが入り交じったような声で、利太がそう言う。安達は、震えながらこう答えた。

「勝手に身体（からだ）が動いちゃって」

震えている安達を、利太がじっと見つめる。安達もまた、利太を見つめ返していた。

――安達さん、脇役のくせにでしゃばって!!

利太だって、ほら、困ってるじゃん！

「無茶すんなよ、迷惑」

「うん、わかってる」

安達は、つい今まで震えていたくせに、にっこりと笑ってそう答えた。

そんな安達に、利太はふっと笑いかけて、ひとこと、

「手」

と言った。

安達の手を取り、利太がすっと立たせてあげる。

――……でも。

その姿を見て、はとりは、ふいに気がついてしまった。

――今の安達さんの方が、よっぽどヒロインじゃない？

おそるおそる、はとりは、利太を見た。

「……利太？」

「悪い、今日は安達さんと帰るわ」

「!?」

はとりを置いて、利太は安達といっしょに、外に歩いていってしまった。

あわてて、はとりは、ふたりのあとを追った。


急いで校舎から飛び出すと、肩を並べて歩く利太と安達の背中があった。

――安達さんが利太のヒロイン？？


え？

え？

え？

じゃあなにもせずにぼさーっと突っ立ってるあたしはなに⁉

はとりは、衝撃を受けた。

あたしが利太のヒロインだっていう根拠って、なんだっけ……⁉

もしかして……、なにも動かないで、告白すらしてない、あたしの方が脇役？

ふいに気づいてしまった驚愕（きょうがく）の事実に、はとりは、ぎょっとした。

はとりは、脳内ビジョンでは常に浮かんでいる頭上の『ヒロイン』の文字を、あわてて見あげた。

この文字が輝いている限りは――……あ、あれ⁉

その瞬間、ヒロインの文字が派手に砕け散り、ドドドッとはとりの頭に降り注いできた。

ぐはっ、マジかよ。

はとりは、崩れ去ったヒロインの文字につぶされて地面に倒れながら、愕然とこうつぶやいた。

「……ヒロイン、失格じゃん」

それから、はや一週間がすぎた。

その日も、はとりは、学食でやさぐれていた。

カウンターでウィスキーっぽい色の液体の入ったグラスをまわしつつ、はぁ～っと深いため息をつく。

この一週間、グサグサ傷つきまくりのはとりを癒(いや)してくれるのは、この一杯しかない。

……いや、一杯で足りるか！　カウンターの向こうでまるでバーテンみたいにグラスを磨く、あの渋い学食のオヤジに、はとりは叫んだ。

「オヤジ、おかわり！」

「麦茶じゃん」

瞬時にグラスの中身を見抜いて突っ込みを入れてきた中島に、思わずはとりは、鼻水を撒き散らし、汚く泣きながら抱きついた。

「ナガジバー！　飲まなきゃやってらんないよ！」

――この一週間、拷問されっぱなしなんだからよぉ。

利太と安達の、恋人らしいラブラブな姿に。


当然（?）のことながら、恋するはとりの目には、いつでもいちはやく利太を見つける、利太センサーがついている。

だから――、どこへ行っても、利太と安達のいちゃつく姿が目に入ってしまうのだ。

廊下を歩けば、仲睦まじく廊下を歩く利太と安達の姿が目に入る。

中庭を見れば、安達の手作り弁当を食べる利太を発見してしまう。その上、安達は、はとりの見ている目の前で、利太の頬についた米粒をとったりなんかした。

利太を追いかけて図書室に入ってみれば、利太のめざす先には勉強する安達の姿がある、なんていう大事件も経験済みだ。

その時、利太は安達の顔からメガネをはずしてあげて、こう言っていた。

「お、意外と可愛い」

「え⁉」

利太のよく聞くと失礼な褒め言葉に、安達は、素直に赤くなって照れている。

「そっちのがいいじゃん」

「えへ」


またもクオリティの高い物真似（安達バージョン）を披露しつつ、はとりは夜叉の顔となった。

「えへ、じゃねぇよ、泥棒猫が！」

「もともとアンタのもんじゃないからね！」

「ヴバァ〜！」

胸に刺さりすぎる中島の鋭い突っ込みに、はとりは、涙と鼻水で顔をぐっちゃぐちゃにして悲しみの雄叫びをあげた。

すると、はとりの前に、グラスがドンと置かれる。

もちろん中身は、濃い麦茶だ。

「飲んで忘れろ」

はっとして顔をあげると、その粋なはからいは、あの渋い謎の学食のオヤジからのものだった。

「乗らなくていいから！」

そう中島がオヤジに突っ込んだけれど、はとりはかまわず、差し出された麦茶をグーッとひと息に飲んだ。

だってさ。

「ごんなの、おがじいよぉ。ヒロインはあだじなのにぃ〜」

ウソだ！

誰よりそばにいたのに。

ウソだ‼

誰より利太のことわかってるのに。

ウソだ!!!

あたしが、利太のヒロインじゃないなんて。

すると、現実を受け入れられずに汚い顔でしつこく泣いているはとりを見て、我慢の限界とばかりに中島がこう諭した。

「あのねぇ、よく聞きな？」

中島は、利太がヒーローのこの物語の監督ばりに冷静な目を光らせて、はとりを見た。

「安達さんは、ちゃんと告白っていうオーディションを受けて正当な寺坂のヒロインになったの」

その中島の声を聞いた瞬間——、はとりの脳内ビジョンに、舞台にスポットライトを浴びて立つ安達の姿が映った。

スポットライトに照らされた安達は、どう見ても主人公って感じに輝いていて、はとりはあせった。

「は、じゃあ、あたしは⁉」

「あんたは、オーディションも受けずに自分をヒロインと勘違いしてる、劇団研修生！」

「‼」

ぎょっとして、はとりは脳内ビジョンの自分の周囲を見まわした。気がつけば、はとりのまわりには謎のイモジャージ軍団が体育座りしている。

おののくはとりに引導を渡すように、監督中島が舞台の外から叫んだ。

「そんな脇役以下の奴に、舞台に立つ資格はなぁぁい!!!」

鬼監督と化した中島の投げた灰皿が、ガツンとはとりの頭にぶつかる。

——なんですと⁉

まさか……、いや、やっぱり⁉

あたしは安達より目立たない、このなかのひとり⁉

ワンノブゼムってわけ⁉

あまりのショックで倒れ込んだはとりを、舞台脇にいる量産型イモジャージ軍団がすかさず囲んだ。そして、まるで地獄からの使者のように無数の手を伸ばすと、はとりを奈落の底へと引きずり落とそうとしていく。

そんなはとりから目を外し、鬼監督の中島はさっさと立ち上がる。

「寺坂のヒロインの役は埋まったんだよ。だから、アンタも、自分がヒロインになれる恋を……」

待ってよ、そんなんありえないって！

こんなことで諦めるほど、はとりの本気の恋はヤワじゃないのだ。

「フハハハハ……!!」

「⁉」

中島の言葉に、はとりはぶきみな笑い声を立てた。

このまま、利太の物語の舞台から降りてなんてやるものか！

はとりは、強引に舞台上へドドーンと姿を現した。

「冗談はよし子さんだよ、愚かなる中島さんよ。ヒロインの座が埋まってんなら……」

図々しく脳内ビジョンの舞台でまで利太のド真ん中を占領する安達を、はとりはドンと押した。

上等じゃないの。

思い知らせてやんよ。

本当にヒロインにふさわしいのは誰かってことを‼

見とけ、安達、中島。

はとりは、思いっきり悪い顔で中島を見つめ、高らかに笑った。

「そんなん奪い返すのみじゃん‼!　安達さんが王道ヒロインだってんなら、あたしは邪道ヒロイン極めてやんよ！　フハハハッ！」

「フハハハッ‼」

脳内ビジョンから学食に戻り、中島の前でガタタッと立ち上がると、はとりは高笑いをあげたまま走り去ろうとした。

しかし、即座につまずき、誰かに顔面からぶつかる。

「ぶはっ!?」

「顔、ダイジョブ？」

そう声をかけられ、顔をあげると、はとりはぎょっと息を呑んだ。

――なんだ、このとんでもないイケメンは!?

目の前に立つその男子生徒は、ビックリするくらい顔が小さくて、どっかのアイドルグループのセンターポジションも余裕で張れそうな整った目鼻だちをしていた。

てか、ぶっちゃけ顔だけなら、利太よりタイプかも。

イケメンだからなのか、しっかり取り巻きの女子まで引き連れている。

見たこともないくらいカッコイイ男子の突然の登場にぎょっとしたが、すぐにはとりは、我に返った。

はとりには、十年間もずっと一途に想ってきた利太がいるのだ。

どれだけのイケメンだって、利太にはかなわない。

当て馬的に唐突に現れた他の男キャラになんて、かまっている暇はないのだ。

とはいえ、なぜだか動揺しながら、はとりは意味不明な笑い声を立てながらその場を走り去った。

「フ、フハハハハ！」

イケメンの取り巻きたちは、顔を見合わせてあきれた。

「なにあれ？」

けれど、まわりの女子たちがはとりの奇行をさっさと流すなかで、中心に立つその男子生徒だけは、走り去るはとりの背を見つめていた。

「……」

翌日、さっそく、はとりは邪道ヒロイン的行動を開始した。
とにかく、現行利太のヒロインポジションに立つ、安達の邪魔をするのだ。
そう意気込んで、安達の姿を探す。
普段は縁のない、ガラス張りの吹き抜けのある開放的な図書室のなかを、はとりはズカズカと足音を立てて進んだ。長テーブルの隅っこで勉強している安達を、目ざとく見つけたのだ。そのまま図々しく、ズシンと安達の横に腰を下ろす。

「隣いい？」

「あ、うん」

座ってから許可を取るはとりに気分を害した様子もなく、安達は笑顔でうなずく。

おや？

この子、どっか変わったような……。

そう思って、はとりは、ジロジロと遠慮なく安達の顔を眺めまわした。

そして、ハッと気づく。

よく見れば、今日の安達は、メガネをかけていない。

——え？

え？

なに脱六角精児（ろっかくせいじ）して、ちょっと可愛（かわい）くなってんだ⁉

はとりは、あわてて六角精児あらため、メガネを取った安達を見た。

「あ、メガネやめたんだね、似合ってたのにぃ」

さも残念っぽく、はとりは、安達にそう言う。

「そうかな」

「うん、ぜったいメガネのがいいよぉ～」

六角精児っぽくて！

その心の声は伏せて、はとりはにっこり笑った。もちろん、心のなかでのはとりは、『安達よさあ食いつけ！』とばかりに、悪い笑みを浮かべている。

けれど、安達は笑顔で首を振った。

「ありがとう。でも、いいの。寺坂(てらさか)くんがこっちのほうがいいって言ってくれたから」

――ちっ！

罠(わな)と気づいたか……。

イラッとした表情で、はとりはこっそり安達をにらんだ。

まだまだ、勝負はこれからだ。

はとりのテンションを盛り上げるように、脳内ビジョンでは、はとりと安達の後方に実況と解説がしゃしゃしゃっと出張ってくる。

『さぁはじまりました、王道ヒロインと邪道ヒロインの恋愛バトル。実況は私、三組の桝(ます)太一(たいち)。解説は愚(おろ)かなる中島(なかじま)ことオナカさんです』

おう、見てろよ！

はとりは、脳内の実況と解説に向かって叫んだ。

というか、脳内だけじゃなくて、はとりの行動を冷たい目で見ている中島は、今絶対、心のなかでたくさんの突っ込みを入れている気がする。

だけど、今はそんなことかまってる場合じゃない。

とにかく、こっからが、邪道ヒロインの本領発揮！

そう考えて、はとりは、ワザとらしく鞄を持ち出し、なかから大量の手作りアルバムをドサドサと取り出した。

「よっこいしょ」


脳内実況がマイクを持って、興奮気味にはとりの行動を指さす。

『おっと、これはどういうことでしょう⁉』

解説の中島は、『いろは』の『い』とばかりに、はとりの行動を解説した。

『寺坂と幼なじみのはとりは幼いころからの写真で、安達さんを攻めるようですね！』

『なるほど、アルバムで利太との絆の深さをアピールしようとしているんですね！』


ＹＥＳ！

わかってんじゃん！　脳内実況と解説。

はとりは、自らの手で可愛くデコったアルバムをこれ見よがしにパラパラとめくりながら、棒読みまる出しの大きな声でこう言った。

「あーなつかしいなぁ」

「……」

気になるのか、安達は、ちらりとアルバムの写真を見た。

にやりと笑って、はとりは、今はじめて安達の視線に気がついたとばかりに、ワザとらしくこう言った。

「あぁ、これぇ？　安達さんに見せたくって。だって利太のこと全然知らないでしょ？」

実況にもはとりの行動の真意を理解できたのか、解説の中島にこう振る。

『いやらしい！　幼なじみをアピっています！』

『ここんとこ、性格の悪さに磨きがかかっています！』

うんうんと、中島もうなずいた。

脳内中島と本物中島のトークのシンクロ率に、自分でも若干ビビる。

てか、テレパシーつきの寒い目線を送ってくんな、オナカ！

冷めた目でこちらを見やる中島を無視し、はとりは、幼いころの自分と利太が並ぶ写真の数々を眺めた。

さぁ、安達も見るがいい！

あたしと利太の絆の深さを‼

しかし、はとりと利太の思い出にあふれたアルバムをいくらめくってみても、安達は、ニコニコと楽しそうに笑っているだけだ。

安達は、はとりの飼っている二匹の犬、アンドレとムックと、雪だるま、そして小さなはとりと利太が楽しそうに笑っている写真を指差した。

「あー、この写真可愛い～」

その声には、あせりひとつ感じられなかった。

なんで笑ってんのォ⁉

全然、余裕ってこと……？

脳内実況までが、安達を褒(ほ)めたたえだす。

『さすが王道ヒロイン！　動揺しません！　まったく効果ゼロだ！』

う、うるさいな！

苛立ちに頬を引きつらせながら、はとりは、バン！　と勢いよくアルバムを閉じた。

「……なんか図書室、寒くない？」

そして、おもむろに鞄からジャージを取り出すと、はとりは自慢げにそれを羽織る。

大技キター‼　とばかりに、実況が興奮気味に叫ぶ。

『あれは……利太のジャージだぁ!!!』

実況の声に、すかさず中島がイラストボードを取り出す。そこには、利太のジャージを
ムリヤリ借りるはとりの様子が描かれていた。

『なかば強引に貸してもらったジャージを見せびらかすとは、見事な邪道っぷりです！』

はとりの羽織ったジャージを、安達が驚いた顔で指さす。

「それ」

「ん――？」

ドヤ顔で振り返ったはとりに、安達がつぶやく。

「松崎さんが持ってたんだ」

「は？」

「昨日洗濯しにいった時、見当たらなくて」

せせせ、洗濯ですと⁉

いつの間に⁉

はとりの背中に、遥か彼方から飛んできた一本のぶっとい矢がグサァッと刺さる。

「ぐわ！」

利太の家に一番出入りしている女子はあたしだったはずなのに、知らないうちにそんなポジションまで奪われていたとは……‼

さすがにダメージが大きくて、ホラー漫画ばりに顔面蒼白になるはとりに、安達がさらなる追い打ちをかける。

「寺坂くん、いつも家でひとりだから」

『ここで安達さんからの通い妻アピール！』

王道ヒロインの返し技に、鋭い実況と解説が割り込む。

『罠をしかけたつもりが返り討ちにあってます！』

ちっ！

こうなったら奥の手だ‼

背中にぶっ刺さった矢をグイッとムリヤリ引っこ抜いて、はとりは、得意顔でこう言った。

「話は変わるけど、あたし利太にブラ見られたことあるんだよね！」

劣勢となった邪道ヒロインの反則みたいな切り返しに、実況も思わず声を上ずらせる。

『ブッ、ブラ⁉⁉』

いや待て落ち着け！、とばかりに、解説の中島がふたたびイラストボードを取り出した。

『スポブラデビューした際、ムリヤリ見せびらかしたことがある、ただそれだけです！』

もちろんイラストボードには、強引に利太にブラジャーを見せつける幼いはとりの様子がしっかりと描かれている。

脳内中島の解説通りなんだけれど、まあ、前後の事情を省くことは、ウソにはならない。

頬を染めてうっとり顔を作りながら、はとりは、こう続けた。

「そん時、利太ったらぁ……」

けれど、その時すでに、安達ははとりの話を聞いていなかった。

いつの間にか、安達は、ガラス張りの吹き抜けから見下ろせる階下に向かって、手を振っている。

「!?」

はとりの体に、ふたたびドドドッと矢が刺さる。

階下には、――利太の姿があったのだ。

安達は、すまなそうに驚くはとりを見た。

「あ、ごめんなさい……。調べものする間、寺坂くんに待っててもらってて」

「待つ!?　カップラーメンの三分でもイライラしちゃう利太が!?」

「そろそろ行かなきゃ、また明日お話聞かせてね」

笑顔で手を振り、王道ヒロイン安達は去っていった。

残されたはとりを目がけて、まるで戦国時代の戦(いくさ)みたいに上空彼方から無数の矢が降ってきて、グサグサと次々に突き刺さる。

崩れ落ちそうなはとりを、中島が同情するように見つめた。

「……完敗だな」

リアル中島によるその解説に、はとりは、奈落(ならく)の底まで突き落とされた。

中島と別れてトイレに行っても、まだはとりの頭は冷えていなかった。

体に残った矢をプスプスと引き抜き、はとりは深々とため息をついた。

「……」

すると、イラついたような声がトイレの洗面台の方から聞こえてきた。

「もう、なんなの、元メガネブス！」

「ん？」

はとりが目をやると、そこには化粧をしているクラスメイトのヒトミとマホが並んで喋(しゃべ)っていた。

マホが、全然笑っていない顔でこう言う。

「コンタクトとかウケるし、ブスはブスじゃん」

――……おやおやおや？

安達さんのことっすか？

即座に誰のことが言われているのか、はとりにもわかった。

ヒトミとマホは、利太を気に入っているのだ。

すると、ふいにヒトミが振り返って、はとりにこう話題を振った。

「寺坂には釣り合わねぇって気づけっての、ね！」

「へ？」

「はとりもぶっちゃけそう思うでしょ？」

そう振られ、とりあえず否定する。

「え～別に、いい子じゃない？」

――な～んて、ぶっちゃけあたしもそう思う。六角精児だし。

はとりは、内心で即座にそうつけ加えた。

陰で悪口を言うのはさすがに気が引けるが、本音はヒトミとマホに完全同意である。

「ウチ寺坂は、はとりとくっつくと思ってた」

「え、なんでよ？」

――ですよね～！

「だって絶対お似合いじゃん、深い絆で結ばれてるっていうか？」

「ないない、ただの幼なじみだよ？」

――ＹＥＳ！　ＹＥＳ！　ＹＥＳ！

もっとそういうの言って！

って、だんだん表の当たり障(さわ)りない受け答えより、裏の本音の方が強くなってきた。

「あの顔面偏差値の低さじゃ、利太の彼女はつとまんないよ」

「自分の身分わきまえろっての」

ついつい、はとりは、ヒトミとマホの悪口にうなずいてしまった。

「まーねー、安達さんじゃあねぇ〜」

すると、ヒトミとマホは、嬉(うれ)しそうに声のテンションをあげた。

「やっぱ、はとりとは気が合うわ〜」

「また語ろ！」

楽しそうに笑って、ふたりはトイレを出ていった。

だーよーねー！

満足げにそう思ったはとりは、ふと鏡を見た。

そこで、ぎょっと息を呑(の)む。

――うげっ!?!?!?

映っている自分の顔が、別人みたいに変わった気がしたのだ。にゅっと角が生えて牙(きば)が生えて、それはまるで、どっかの魔王みたいにおどろおどろしく意地悪な形相(ぎょうそう)をしていた。

見間違いかとあせって、急いで鏡にかじりつく。

——え、なに今のラスボスみたい⁉

どういうこと⁉　これなに⁉　もしかして、あ、あたしの……。

顔⁉

ぎょっとしているうちに、鏡のなかのはとりは、いつもの自分の顔に戻っていた。

けれども、はとりはまだ、今見た、目を疑うほど意地悪そうだった自分の顔に、なかば呆然(ぼうぜん)としていた。

だが、次の瞬間、さらに目を見開く。なんと——いつの間にか鏡のなかに、個室の脇(わき)に幽霊みたいにボーっと突っ立っている安達の姿が映っていたのだ。

トイレの個室のなかに、安達はずっといたのだ。鏡越しに、個室の外に立つ安達と目が合う。

「わっ⁉」

——ウソ！

いつからいた⁉　いつから聞かれてた⁉

はとりは、安達の突然の登場に顔面蒼白(そうはく)となった。

でも、気にしているのは、安達が傷ついたかどうかじゃない。今のことが利太にバラされやしないかと思って、一気に血の気が引いたのだ。

どうしようとあわてていると、手を洗うためにはとりの横に並んだ安達に先に口を開かれた。

「あ、ごめんね」

「は?」

「盗み聞きするつもりはなかったんだけど、出るタイミングなくなっちゃって」

「いや謝ることじゃないでしょ」

ついはとりがそう突っ込むと、

「あ、確かに。あははは」

安達は、困ったように笑った。

き、消えたい……。

今すぐ、この場から。

出口に向かいだす安達の背が、死刑宣告みたいに思えた。

——……終わった。利太に全部バラされる。

けれど、安達はトイレを出る前に振り返った。

「あの!」

精いっぱい作り笑いをして、はとりは、安達を見た。

「ん？」

「ええと……。今のこと、気にしないでね」

「は？」

「だって、松崎さん、寺坂くんのこと好きでしょ？」

「!?」

思わず体がカチコチにフリーズし、次の瞬間にはバラバラに崩れ落ちる。

――こ、こいつ今なんて!?

というか、なんなんだ今の質問は。

なんとか体勢を立て直し、必死に洗面台につかまって、よろよろと起き上がる。あせるはとりに、安達はこう続けた。

「小さいころからずっといっしょだったもんね……。だから、私に気をつかわないで今まで通りに、ね？」

「……今まで通りって」

「それでもし……、寺坂くんが松崎さんのところにいっちゃっても恨んだりしないからさ」

天使の微笑みか！　っていうくらい、邪気のない笑顔を浮かべて、安達はトイレから出ていってしまった。

——なに、それ？

王道ヒロインの貫録かんろく？

選ばれた余裕ってやつ？

……いい子ぶっちゃって！

「いや、ちょっと待ってよ！」

はとりは、あわててトイレを飛び出し、安達のあとを追いかけた。

急いで廊下ろうかに出たはとりの目に飛び込んできたのは、いっしょに帰ろうとしている利太と安達だった。

「⁉」

ふたりの手は、しっかりとつながれている。

なんてことだ——。

はとりが邪道ヒロインなんかになろうとしている間に、ふたりの仲はしっかりと着実に深まっているのだ。

そのことに、はとりはようやく気がついてしまった。頭がくらくらして、目の前のことが現実じゃないみたいに思える。

すると、トイレから出てきたはとりに気づき、利太が顔をあげた。

「あ」

「あ?」

って、なに?

「帰るか、いっしょに」

利太が、はとりをそう誘う。

けれど、気がつけば、はとりは首を振っていた。

「……行かない」

「なんで?」

なんでって、それは……。

まだ間に合うと思って、二人の間に割り込もうとあせってばかりいたのに、ふたりの姿を見ていると——。『まだ間に合う』なんていうのは、全部はとりのバカな勘違い(かんちがい)だったとわかってしまったからだ。

けれど、正直にそう言うわけにはいかない。激しくテンパりながらも、つとめて明るく振る舞おうとした。でも、そんなはとりを見て、なぜだか利太は怪訝(けげん)そうな顔をした。

「……大丈夫か？」

さらに明るく、はとりは笑った。

「ダイジョブダイジョブ〰〰」

――な、わけないじゃん！

利太の隣はあたしで、あたしの隣は利太だったんだよ。

それなのに……、急に手の届かないところに……。

む、無理だ！

もー逃げる！

あのふたりのことは見ない！

崩壊寸前のゾンビみたいな顔をして、はとりは、廊下を激走した。

すると、その背に、

「おい！」

そう声がかかった。

利太⁉

え、追いかけてきてくれてる⁉

ふいに手をつかまれ、振り返る。

その瞬間、嬉しさで、はとりの顔は自然にほころんだ。

でも、振り返った先にいたのは――。

利太とは似ても似つかない、見たこともない変な顔の男子だった。

「落としたよ」

「誰⁉」

「え。いやアキヤマだよ。出席番号1番の」

「は？　知らない」

「いやこれ、ケース着けなよ」

「関係ないでしょ！」

スマホを差し出されて受け取ると、その男子の向こうに、下校していく利太と安達の姿が見えた。

ウソだ……。


利太はもう、はとりの方へは振り返らない。

肩を並べて下校していく利太と安達を呆然と見送って、はとりは、ようやく気づいた。

はとりは、利太を取り戻そうとあせって、安達と張り合って、幼なじみ自慢をしたり、……悪口を言ったりしてしまった。

でも、そんなことをしたって、イヤなことをした分だけ、自分が落ちるか安達が傷つくだけで、利太にはとりの想いが届くわけじゃない。

ぶつかる相手が、違うのだ。

利太が好きならば、利太に気持ちをぶつけなければいけなかったのに。

──マジで、あたし、ヒロイン失格じゃん。

そう気がついた途端、はとりは、ものすごくむなしくて、みじめな気持ちになった。

安達は、あんなに一生懸命（けんめい）に利太のことを思っているのに、はとりはといえば、いったいなにをしているんだろう。

たとえば、利太が、あたしのことだけ名前で呼ぶとか、誰より長くそばにいたとか、そんなことにはなんの意味もないって、どうして気づかなかったの？

──あたしは、本当に、バカだ。

scene 6

　どうしてもそのまま帰る気になれず、はとりは、学校の中庭にある小さなベンチに寝転んでいた。そこここに植えられた木々の新緑が風に揺らされて爽やかな音を立てていたけれど、そんなものはちっとも耳に入らず、深々とため息をつく。

「はあぁぁ～」

　まぶたの裏に、下駄箱で不良を吹き飛ばして啖呵を切った時の、安達の姿が思い浮かぶ。

　あの時はまだ、利太と安達の距離はそこまで近くなかった。

またも、はとりはガクッと落ち込んだ。

——……あたしがあの時、安達さんみたいに動いてたら、なにか変わったのかな。

利太のために、利太のことを思って。

だけど、ヒロイン失格でも、はとりのヒーローは、利太だけだ。

はとりは、無理やり借りた利太のジャージを鞄(かばん)から取り出して、クンクン嗅(か)いだ。

ジャージからは、利太の香水のにおいがした。このにおいは、ずっと自分だけのものだと思っていた。今思えば、つき合ってもいないのに、よくそこまで思い込めたもんだっていう感じだ。

でも、それでも。

「……あたしには、利太しかいないのに」

「へぇ、そう」

「そうだよ、あんないい男、もうどこにも」

そう答えながら、はとりは『あれ？』と思った。

今、誰かの声がした？　そう思いながら、顔をあげる。

そして、目の前に現れた男子に絶句する。

——また出た!?

とてつもないイケメン⁉

目玉が飛び出る勢いで、はとりはぎょっと驚いた。

気がつけば、いつの間にか、ベンチのそばに、学食で遭遇したあのイケメン男子が立っていたのだ。

そのイケメンは、ふふんと笑いながら、利太のジャージを眺めている。

「そんな好きなんだ、寺坂くんのこと」

「⁉」

なっ……、エスパー⁉

と思ったけれど、よく考えたら、今のひとりごとを聞かれていたのだ。

ようやく我に返ると、あわてて飛び起き、はとりは、利太のジャージをガサゴソと隠した。

そして、おそるおそるイケメンに尋ねる。

「ええっと……、どちらさま？」

「弘光廣祐。……一応、おなじクラスなんだけど」

「は、はぁ」

けれど、ショックを受けた様子もなく、弘光と名乗ったそのイケメンは、さりげなくはとりの隣に腰をおろす。

「！」

いきなりイケメンにそばに座られ、はとりは思わずドギマギとしてしまった。

「ひどいなぁ、この前助けてあげたのに」

にこにことしたまま、弘光は、はとりにそう言った。……そういえば、弘光の声には聞き覚えがある気がする。

少し考え、はとりは、はっと顔をあげた。


そうだ。

ロッカーで、利太と安達が不良に絡まれかけていた時。

『誰かぁ～!! 喧嘩で～す!!!』って、どっかの男子が声をあげてくれたから、学食のオヤジが駆けつけてくれたんだった。

あれ、この人の声だったんだ……。

すると、はとりが思い出したのを察したのか、弘光は笑顔のままこう尋ねてきた。

「そんなオレ存在感ない？」

「い、いえ、そんなことは……。利太以外は、エキストラと言いますか……」

もにょもにょと、はとりの声は小さくなっていく。

恋するはとりの利太センサーは、利太の姿は鮮明にとらえても、他のクラスメイトの顔は適当な『へのへのものへじ』くらいにしか映らないのだ。

「どの殿方（とのがた）も、こうボヤァとしておりまして」

妙に親しげな弘光に戸惑（とまど）いながらも、はとりは、ひたすら丁寧（ていねい）に失礼なことを、そう口にした。

しかし、間近で見るとますます、弘光はかっこいい顔をしている。

かっこいいその顔に、どこかはとりの内心を見透かすような笑みを浮かべたまま、弘光はこう言った。

「ゾッコンだね」

「『利太一筋』十年ですので！」

「……そっか、残念」

「へ？」

どういう意味かわからずに首を傾（かし）げると、その瞬間、弘光がはとりに顔をグッと近づけてきた。

「だって、オレが今つき合ってって言っても、脈なしってことでしょ？」

「ぶ、ぶへ⁉」

顔が爆発する勢いで赤くなって驚いたはとりを見て、弘光はニヤリと笑った。

「いい反応するね」

――え、今……、イケメンにさらっと告(コク)られた⁉

人生はじめて口説かれてる⁉

おろおろしているはとりに、弘光はさらに顔を近づけてきた。

「彼女作っちゃった男に執着(しゅうちゃく)しても、むなしいだけだって……。オレが今すぐにでも忘れさせてあげるよ」

い、いや、待て！

この人、ちょっとかっこいいからって、世の中の女がみんな自分を好きだとでも思ってるの⁉

いくらイケメンだって、こんな奴(やつ)、はとりのなかではポッと出にすぎない。

はとりは、イラッとした顔で弘光を見下ろしつつ、慇懃無礼(いんぎんぶれい)にこう言った。

「結構ですぅ、あたしの恋は他のコと違って人生かけた『本気の恋』ですので～！」

「寺坂くんのどこがそんなにいいの？」

そんなの、口で説明できたら苦労しないし、こんなポッと出の奴にはきっとわからない。

だから、はとりはこう答えた。

「『本気の恋』は、理屈じゃないんで！」

言い逃げして去ろうとしたのだが、その前にはとりの手は、弘光につかまれてしまった。

驚いて振り返ると、やっぱり弘光は笑っていた。

それも、なにかたくらんでそうな、不穏な笑みで。

「そっか、はとりちゃんは寺坂くんが好きってゆ～より十年間想い続けてる自分が好きなんだね」

「そんなことなっ……」

い、と言う前に、――はとりの唇に、弘光の唇がふにゃっと重なる。


「!?!?！」


すぐに唇は離れて、さっきよりもずっと近くに弘光の顔が見えた。

え、今、なにがあった？

突然すぎて、予想外すぎて、はとりの脳みそは完全にフリーズしていた。

クスクスと笑いながら、弘光ははとりの前から立ち去ってしまった。

硬直したまま、真っ白になってはとりは倒れた。

「……チッス、されちった」


そんなはとりの前から去りながら、弘光は、ひとりこう思った。

あの反応。

やべー、おもしれー。

弘光は、脳内思考ダダ漏れなはとりを思い出し、ちょっと笑った。

——恋愛なんかで、泣いたりわめいたり……。

もっと頭使って、楽しめばいいのに。

はとりちゃんか……。

弘光は、ふと真顔になった。

あの子は、幼なじみの寺坂くんに片思い中で、その恋が特別なものだと勘違いしている。

そういうわかってない子に現実見せてへこませるのは、ヒマつぶしにはちょうどいい。オレは、おとなげない奴だから。

「自分の感情くらい、コントロールできるでしょ……。恋愛なんて、思い込みなのにさ」

そうつぶやいた直後、うしろから声がかかる。

「あ、弘光じゃ～ん」

媚びたような表情を浮かべて集まってくる取り巻きの女子たちに、弘光は、今の思考の片鱗も感じさせない爽やかな笑顔で振り返った。

scene 7

ほとんど初接触のような相手に、いきなりキスされてしまった。

しかも、ファーストキス。

はとりのファーストキスはこんな風に散るはずじゃなかったのに、あっという間に終わってしまった。あまりに予想外の事態に急いで走ってなんとか家に帰って自分の部屋にたどりつくと、はとりはすぐに中島(なかじま)にＳＯＳの電話をかけた。

「ながじばぁ！！！！」

そう叫ぶと同時に、ぶぶっと、歯磨き粉の泡が飛ぶ。

一方的に弘光にキスされてしまった事実を少しでも軽くするために、とにかく歯を磨かなくては！

……と思ったものの、意味あるのか？　これ。

電話の向こうの中島は、あいかわらずのおざなりな態度で、はとりにこう答えた。

「はいはい、どした？」

「ねぇ中島はキスしたことある⁉」

「あるよ」

即答かよ！

って、歯磨き粉の泡飲んだし！

はとりは目を剝いて、スマホにかじりついた。

「え、マジ⁉　あんの⁉」

「あいかわらず失礼だな、おまえは」

「ねぇ誰と⁉⁉」

「誰って、普通に中学の時、好きな人と」

「ダアアッ⁉」

あまりの衝撃に、はとりは、ブチッと電話を切っていた。

やっちまった……！

ファーストキスを無駄に散らした仲間探しをしていたのに、まんまと失敗してしまった。

「あの愚かなる中島でさえ、ファーストチッスは好きな人としたのに、あたしは利太以外の男と」

そうつぶやいた直後、弘光とキスしたあの瞬間が、脳裏によみがえる。

あんなにかっこいい人と、キス……♡

うっかり赤くなって浮かれかけたはとりだが、すぐにはっと我に返ると、頭を抱えて叫びはじめた。

「ぐわあああ！　だめだぁ汚れちまったぁぁぁ!!」

バッキャロー!!!

恥を知れ、恥を!!!

イケメンにちょっとキスされたからって、なんだ！

思わず、はとりはベッドに頭をガンガンと激しく打ちつけた。

はとりは、こんなに特別で、ドラマチックな恋をしているはずだっていうのに、ファーストキスがあんなにあっけなく、それも、利太以外の男の人と済ませることになってしまうなんて、とても信じられない。

「……利太にだけは絶対知られたくない」

一方的にされたならともかく……（いや、そうなんだけど）。

その前、一ミクロンでも『顔だけならこっちの方がタイプかも』とか思っちゃっていただけに、絶対。

はとりは、一流殺し屋ばりの殺気に満ちた目をしてこう思った。

この世でふたりがキスしたことを知っているのは、はとりと弘光のみ。

ならば。

「……弘光を殺るしかねぇ‼」


翌日、はとりは、殺気に満ちた目で弘光を教室の前へと呼び出していた。

もちろん、この手で殺るために――のはずだったんだけれど。

ガヤガヤと騒がしい教室のドアの前で、気がついたらはとりは、弘光の前で両手を合わせていた。

「……昨日のこと、どうかご内密に！」

弘光は、かっこいいけれどチャラいあの笑顔で、面白がるみたいにはとりを見ている。

「……わざわざ口止めしにきたの？　やだなぁ～、言うワケないじゃない？」

「ホント⁉」

ぱっと顔をあげて喜ぶと、目の前の弘光がすぐにもこう続けた。

「でも、そうだな……」

「⁉」

またなにかたくらんでいそうな顔で、弘光がはとりにじわじわと近づいてくる。ひたすらに低姿勢なはとりをじっと見つめたまま、弘光は笑顔でこう言った。

「黙っとく代わりに、なにかしてもらっちゃおうかな」

じりじりとあとずさりしながら、はとりは頷いた。

「で、できることなら」

――てか、キスされたあたしがなんで下手に⁉

勝手にキスされて迷惑してんのは、こっちなのに！

いつの間にか、はとりは、完全に弘光のペースにはまっていた。弘光が、はとりの顔を間近で覗き込み、尋ねてくる。それも、手を壁にドンとついて、はとりの逃げ道を遮るようにして。

「……できることって、どんなこと？」

「いや近い近い！」

そして耳元でささやくな！

「喜んでんの？」

「べ、別に喜んでなんか！」

「ウソ、顔ニヤけてるじゃん」

弘光は楽しげで、はとりを追い詰めるかのように——ドキドキさせようとしているかのように、じっと見つめてくる。しっかりと、壁に手を当てて逃げられないようにして。

女の子がどうすれば喜ぶか、この弘光はよくわかっているみたいだ。

モテるのも納得……、だけど、ピンチすぎる！

するとその時、はとりのうしろから、声がかかった。

「おい」

「！！！」

はっとして、振り返った先にいたのは、利太だった。

その隣には、もちろん安達（あだち）もいる。

それなのに、利太は、

「そいつ、いやがってるだろ？」

そう言ってくれた。

まるで、利太がはとりを助けにきてくれたみたいで、驚いている安達も、また不穏な笑みを浮かべている弘光もそっちのけで、はとりは歓喜の声をあげた。

「……利太♡‼」

ヒロインの窮地(きゅうち)をヒーローが助けにきてくれて、それで全部がまるく収まってハッピーエンド。

……と、そんなすんなりうまくいくほど、現実は甘くない。

放心しているはとりの視界の先で、ボウリングの玉がゴロゴロ音を立ててレーンを転がっていく。

——え、なにこれ。

うっかりボールを投げたのは、はとり自身で。

しっかり結果は、ガーターとなる。

我に返ってみれば、今はとりがいるのは、駅前のボウリング場だった。周囲ではさっきから、ボウリングの玉がレーンを転がる音やらカップルや若者たちのあげる歓声やらが、騒がしく聞こえてくる。

振り返ると、そこには利太と安達が並んで座っていた。安達に寄り添う利太は、妙に不機嫌そうに見える。

と、弘光が、はとりを明るくこう茶化してくる。

「はとりちゃん、へったくそ～！」

弘光は、私服もやっぱりセンスよくて、すごくオシャレ……、だけど、ちょっと待って！

――キスの口止めにWデートって⁉

この状況、おかしくない⁉

不自然すぎるだろ！

でも、弘光は、いつも通りの自然な笑みを浮かべて、まるで恋人同士みたいに親密な感じで、はとりに近づいてくる。

「だから軸がぶれちゃってんだって」

「だから近いって！」

はとりは素早く弘光にそう突っ込んだ。弘光は、離れるどころかますます寄ってきて、はとりの耳にこうささやいた。

「寺坂くんってわかりやすいね」

「え？」

「あんなに嫉妬しちゃってさ」

利太はそっぽを向き、ふてくされた様子だ。

でも、まさか。

「あの利太が？」

よくわからないまま、はとりは、弘光にアドバイスされた通りに、ボールをもう一度えいっと投げた。ボールは、今度はまっすぐにレーンを転がり、みごとにピンをなぎ倒して、スペアとなった。

「やったぁ！」

はとりは弘光と両手でハイタッチをして、ちらりと横目で利太を見た。

利太は、弘光をにらんでいるみたいだ。

——それって超気分いいんですけど♡⁉

はとりが、利太を気にしながら席に戻ると、利太が急に話しかけてきた。それも、ちょっと、いやかなり、弘光のことを意識しながら。

「はとり……、アンドレとムック元気？」

「え？」

「あんどれ？」

「うちの犬」

「ガキのころ、いっしょに名前つけたんだよな？」

「あ、うん」

ん？

はとりは、びっくりして目をまるくした。

あれ、利太が、うちの犬の情報ひけらかしてる⁉

それも、すんごいドヤ顔で。

「近いうち家行くわ、おばさんの飯も食いたいし」

「はとりちゃん、これうちの犬」

そう言って、弘光がはとりにスマホを差し出してくる。

「え、かわいい～♡」

いかん。

素で反応してしまった。

すると、苛立った様子で利太が席を立った。

「……便所」

その背を見送って、弘光がこらえきれないとばかりに笑いだす。

「わっかりやすっ！」

さも面白そうに笑いながら、弘光は立ち上がり、ボールを取りにいってしまった。

――わかりやすくても、なんでもいい……♡

あの利太が妬いてくれたから、七月十六日は嫉妬記念日♡

うっとりと利太の背を見たあとで、はとりは『どうだ』とばかりにドヤ顔で安達を見た。

安達は、妙に真剣な顔をしている。

「松崎さん……。えっと……、私の勘違いだった？」

ふいにそう聞かれ、はとりは目を瞬いた。

「は？」

「トイレで聞いた、寺坂くんへの気持ち」

「？」

「ちょっと悲しいなって……。寺坂くんに対してまっすぐな松崎さんのこと、私ずっとかっこいいって思ってて」

——え、なに言ってんの⁉

このオカッパ女子は⁉

唖然として自分を見つめているはとりに気づかないのか、安達は続けた。

「わたし……、勝手に戦友みたいに思ってたから」

「……戦友？」

「無理して好きな人とか作らなくていいんじゃないかな。寺坂くんを傷つけるのは、なんか違うよ」

——なんで？

なんであたしに説教してんの？

……利太を、……利太を全部自分のものにしといて……。

利太を傷つけないために、好きな人作るなって？　利太が安達とつき合っているのを、横で見ながら？

まるで、はとりのためを思いやって言っているみたいな感じで、安達は言った。

別に弘光のことを好きなわけじゃないけれど、でも。

なんなんだ、こいつ。

安達に言われたこと、ひとつひとつが胸に突き刺さって、はとりの瞳(ひとみ)に、どんどん涙がたまっていく。

言い返したいのに、うまく言い返す言葉が見つからない。

安達の言っていることは、絶対おかしいはずなのに、まるで正統派ヒロインが言っているみたいに響いて、だから、はとりが今なにを言っても、こっちが悪いみたいになってしまいそうな気がした。

でも、フリーズしているはとりを、助けてくれる声がかかった。

「あんたがそれ言っちゃう？」

弘光だ。

レーン前に立ち、弘光はボールをかまえた。

「いやな女だねぇ」

「!?」

驚いて、はとりは、弘光を見た。

安達は、あわてた様子で弘光にこう言い返した。

「私は、松崎さんと寺坂くんのこと思って」

「なら、別れてあげなよ」

ボールを綺麗なフォームで投げて、弘光はこともなげにそう言った。

安達は、黙りこくってしまった。

ふっと微笑(ほほえ)み、弘光は安達を見た。

「ほら、結局口だけじゃん」

そのうしろでボールがレーンを転がり、ピンがすべて倒れて、みごとにストライクとなる。

「そういうのなんて言うか知ってる？　偽善者(ぎぜんしゃ)。ムカつくよね」

黙っている安達に向かって笑顔でそう言い放ち、弘光は、涙目になっているはとりの手を引っ張った。

「行こ、はとりちゃん」

「う、うん」

半泣きのままふと見ると、弘光はもう笑ってなくて、はとりの手を引っ張り、真顔でドンドン進んでいく。

——無理やりキスしてきたり、優しくしたりなんなのさ⁉

……でも。

はとりは、ひとりでうつむいている安達の方を振り返った。

——……ざまぁ〜みろ。

——って思いたいのに……。

ただただ、むなしい。

安達に言われたことは、ムカついたし、くやしかったけれど、だからといって安達にぶつかったってみじめなだけだと、もうわかっている。

深々とため息をつき、はとりは、夜の街をひとりでトボトボと歩いた。

——あたしと利太が築いた十年間を、安達さんに一瞬で追い抜かれちゃった気分。

いつの間にか利太は、安達を呼び捨てで呼ぶようになっていて、いっしょに下校するのも当たり前になっている。

それに比べたら、はとりと利太が幼なじみとしてすごしてきた長い時間なんて、なんぼのもんなんだ。

すると、いつか利太といっしょに夕日を見た歩道橋の前に差しかかったところで、ふいに、はとりを呼ぶ声が響いた。

「はとり！」

「!?」

歩道橋の上を見あげると、そこには利太がいた。

「……利太」

はとりは歩道橋に登って、少しだけ動揺しながら利太の横に並んだ。

もしかすると、利太は安達からなにか聞いているかもしれない。それに、一刻も早く安達と離れたかったからとはいえ、はとりは、利太になんの断りもせずに、弘光といっしょにボウリング場を出てしまったのだ。

すると、気まずくて黙っているはとりに、利太がこう言った。

「やめろよな、突然消えるの」

「もしかして心配してくれたの？」

「そりゃな」

「……安達さんは？」

「帰った」

——安達さん、さっきのことチクらなかったんだ……。

さすが正統派ヒロイン。

でも、安達から話を聞いていたら、利太は少しでもはとりの味方をしてくれただろうか？　はとりの傷ついた気持ちを、少しでもわかってくれただろうか……。

ちょっと考え、はとりは、心のなかで首を振った。

利太の彼女は、安達だ。

だから、利太が安達の味方をするのは、当然なんだ。

はとりは、歩道橋の手すりをギュッと握った。

「……ねぇ、安達さんのどこが好きなの？」

「は？」

「いいじゃん教えてよ、あたしと利太の仲じゃん」

「……」

いや、黙らないでよ。

沈黙に耐えかねて、はとりは質問しておいて自ら口を開いた。

安達のいいところといえば、やっぱり。

「あの昭和が香るオカッパ……」

「夢があんだって」

「え？」

「ジャーナリストになって、自分の言葉で世界になにかを伝えたいんだってさ、すごくね？」

「はぁ」

夢か。

そんなこと、はとりは考えたこともなかった。

だから、戸惑う。

でも、利太は、戸惑ってはいなかった。

「そういうのがある奴って……、持ってんだよな」

「？」

「自信とか余裕とか……。とにかく、俺が持ってないもんが、あいつにはいっぱい詰まってんだ」

そう言った利太の口もとには、優しい笑みが浮かんでいた。

それを見て、ようやくはとりは悟った。

――……ホントに利太は安達さんが好きなんだね。

ハッキリとわかってしまったその事実に気持ちが沈み込んでしまう前に、はとりは冗談めかしてこう言った。

「もう利太のろけすぎぃ～！」

思いっきり明るく笑いながら、はとりは走り出した。

「先コンビニついたほうがジュースおごりね！」

「おい！」

走り去るはとりを、あっけにとられたように利太は見つめていた。

それにもかまわず、はとりは全力で走った。

――……なんだよ、勝ち目ないじゃん。

走るはとりの瞳から、ポロポロと涙が零れた。

――夢なんて、そんなキラキラしたもん、持ってるわけないじゃん……。だってあたし、いままで利太の背中しかみてないんだよ？

はとりは、走りながら涙を拭った。

――諦めよう……今この瞬間に綺麗さっぱりと。

それでいい、それがいいんだ。

次の日、はとりは、いつも通り登校した。

校門を抜けた先には、登校している制服の女子や男子であふれている。彼らはみんな、はとりの姿が視界に入った瞬間、ぎょっとして飛びすさるようにして道を開けていった。

それどころか、校門のみならず登校のピークで混雑している廊下でまでも、すれ違う生徒たちがみんな一様にはとりに道を譲っていく。

まるでモーセの十戒のような光景だ——けど、こんなのは想定の範囲内の反応だ。

いや、むしろ予想通りですらある。

はとりは、そのまま教室に入っていった。

教室内に、淡々としたはとりの声が響く。

「おはようございます」

その瞬間、教室中が騒然となった。

中島が、あわてたように駆け寄ってくる。

「あんたそれ、どうした⁉」

はとりは、悟りきった目で、ぺこりと頭を下げた――ツルツルのまる坊主になっている、その頭を。

『一休さん⁉』とか、『髪の毛どこ置いてきた⁉』とか、教室中から声が聞こえるけれど、今のはとりには、どんな声も響かない。

はとりは、無表情、無感情でこう言った。

「わたくし恋を捨てました……頑張ったトコで報われる保証もない。それが恋。そんな無駄なことを、二度としないように」

だから、出家することにしたのだ。

世俗の煩悩を断つために。

本当はグレようかなとも思ったんだけど、それはやっぱり怖いし。

するとクラスメイト全員がものすごい勢いでドン引きしていくなか、教室にケラケラと笑い声が響いた。

弘光(ひろみつ)だ。

「はとりちゃん、最高！」

「……」

もちろん、はとりは動じない。

弘光は、はとりのツルツルハゲ頭を撫(な)でまわしながら、お腹(なか)を抱(かか)えて笑った。

「いい！　いいよ！」

そんな弘光にも、もちろんはとりは無反応である。もう、男なんか、はとりにはいらないのだ。

「松崎(まつざき)さん」

「はい？」

悟りの表情ではとりが振り返ると、そこには真剣な表情をした安達(あだち)が立っていた。

「……ちょっといいかな？」

出家（自称）したはとりは、安達によって校舎裏に連れ出されていた。さすがにツルツル頭を晒し続けるのもためらわれたので、ニット帽をかぶりながら、はとりは冷静にこう尋ねた。

「なんでしょう？　安達さん」

「……松崎さんに、お願いがあるの」

そう言うなり、安達は突然、キラリと光る凶器――折りたたみナイフを取り出した。

えっ。

安達はそのまま、驚いているはとりのお腹を刺す。

「目ざわりだから消えて」

「⁉」

「ヒロイン気どりのゴミ虫が」

や、やっぱりこれがこいつの本性か……‼

はとりは、お腹を押さえてバッタリと倒れた。突然刺されたはとりに、周囲が騒然とする。

すると、そこへ、遠巻きに見ている人たちを押しのけて、倒れたはとりのそばに、利太が駆けつけてくる。

「はとり!!!」

喉も裂けるような声で絶叫し、利太は頭をまるめたはとりを強く抱きしめ、ボロボロと涙を流した。

あぁ、利太が今にも死にそうなあたしのために泣いてくれている。

このシチュエーション。坊主隠しのこのニット帽も、まるで不治の病だからかぶっているみたいに感じてくる。

はとりは、潤んだ目で利太を見つめた。

「あたし、幸せだよ……。だって利太の腕のなかで死ねるんだ、もん」

絞り出すようなその声を最後に、はとりは、ガクッと力尽きた。

「死ぬな、はとり……。助けてください……、誰か、助けてくださぁい!!」

激しく泣き叫ぶ利太の声は、もうはとりの耳には届かない——……。


……いや、まさかね。

脳内妄想では号泣系ラブストーリー映画ばりの展開を思い浮かべたけれど、さすがにそれはない……はずだ。それでも若干怯えながら、はとりは安達を見た。

　安達が、ゆっくりと口を開く。

「松崎さんに、お願いがあるの」

「は、はい」

「夏休みの間、寺坂くんといっしょにいてくれない？」

「⁉」

　安達の突然の申し出に、はとりの被ったニット帽がスポッと外れる。そして即座に、坊主のヅラがクラッカーのようにポンと爆発した。あとには、ヒラヒラと白い紙テープや紙吹雪が舞っていた。


　よっしゃあああああああ！

　こりゃ出家している場合じゃない‼

「アッミィ〜ゴォォ！」

　じっとしてなんかいられない！

　ジャンプし、バク宙まで披露しながら、廊下をはとりは大喜びで走った。

急いで中島に相談して、作戦を練らなくては！

テンションがあがりまくって駆け抜けるはとりに――、坊主のヅラを被っていた時以上の勢いで生徒たちが道を譲っていくが、今のはとりには、そんなの全然気にも留まらなかった。

はとりは、こらえきれずに全力でジャンプし、大声で叫んだ。

「アディオス！　アッダッチー！」

そして跳んだ勢いのまま、廊下の先の階段の下へと落ちていった。

その日の昼休み、学食はいつもの通り、ランチをとる生徒でいっぱいになっていた。生徒たちがちらちらと目をやる先には、『夏季休暇のお知らせ』の貼り紙がある。
もうすぐで、待ちに待った夏休みなのだ。
いつもは冷静な中島（なかじま）もさすがにちょっとは浮かれているのか、さっきから、お菓子に手を伸ばしながら旅行雑誌を熱心に読んでいる。
「メキシコに短期留学ねぇ」

「高校生なんちゃらサミットにでるんだって、ハラペーニョ！」

「すごいじゃん」

「いや、利太と夢っていう二個追っちゃう安達さんより、利太オンリーのあたしの愛のほうがすごくない⁉」

夢だかなんだか知らんが、存分に追いかけるがいい‼

このチャンス、逃がすもんか！

すると、即行で破棄された出家用の坊主のヅラを見て、中島がこう突っ込んだ。

「恋は捨てるんじゃなかったんかい」

「細かいことは気にすんな！　さぁ、愚かなる中島さんよ。『利太奪還大作戦』を考えるのだ！」

はとりの都合のいい頼みにあきれたような表情を浮かべ、中島は適当なアイディアを口にした。

「休みだし、どっか出かけたら？」

「やっぱ遊びまくり作戦か、それで最後、花火大会で一気にオトす！」

おざなりな中島の態度など気にも留めずにノリノリになるはとりに、渋い制止の声がかかった。

「……お客さん、それじゃひと夏の恋で終わっちまいますよ」

その声は、あの謎に迫力のある学食のオヤジであった。はとりは驚いて、カウンターの奥で渋くトレイを磨いているオヤジの発言に食いついた。

「⁉　え、なんでよオヤジ⁉」

「アンタには……、裏の顔がねぇ」

「裏の顔？」

なにを言われているのかサッパリわからないはとりの横で、中島がピンときたというように声をあげた。

「あぁ、ギャップね⁉」

「ギャァップゥ？」

「ある？」

「ないっ！」

即答で、はとりはそう断言した。

てか、裏表のないところが自分のいいところだと思っていたのに、そんなの計算外すぎる！　男子は本当に、ギャップなんてものを女子に求めてるの……⁉

おろおろと、はとりは中島とオヤジを見た。

「どうしよっ⁉」

「簡単だよ、寺坂にいっさい会わなきゃいいの」

「ヤダ！」

「ヤじゃない！　それがギャップなの！」

「ええぇ？」

どうして利太にいっさい会わないことが、ギャップにつながるんだろう。

すると、中島が諭すようにはとりに解説をしてきた。

「いい？　……アンタからバンバンくると思った連絡が、いっさいこない」

すると、学食のオヤジが、無駄にいいタイミングで合いの手を入れた。

「……どうしたんだろと、思いだす」

「アンタのことが気になりだす」

「……会えない時間が愛を育てる」

「我慢できずに寺坂から連絡きたら、もうこっちのもんよ！」

ふたりは同時に、ガッツポーズをしてみせた。

なんだ、この中島と学食のオヤジのクオリティの高い即興コラボは⁉

どうしてだか、妙に説得力がある気がする……！

けれど、せっかく中島とオヤジが考えてくれたギャップ大作戦は、実行がためらわれた。

「……でも利太、夏休みひとりになっちゃうし」

やっぱり、戸惑ってしまう。利太は、ぶっきらぼうに見えて、本当は寂しがり屋なのだ。

それに、利太に会えないなんて、はとりだってつらすぎる。

すると、迷っているはとりの肩を、中島がガシッとつかんだ。

「安達さんの代用品でいいの⁉　都合のいい女で終わっていいのか？」

「⁉」

思わず、はとりはもうひとりの頼れる味方、学食のオヤジを見た。

するとオヤジは、こっくりと渋くうなずいた。

「グッドラック」

「……ふえええ」

マジっすか。


夕日を背に受けながら、はとりはトボトボと家に向かって歩いていた。

――利太のことはひとりにしたくない、でも。

このままなにもしなければ、利太がはとりの想いに気づいてくれる日なんて、きっといつまで待っても来ない気がする。けど、そんなのは、絶対にいやだ。

はとりは、カンカンと音を立て、ゆっくりと遮断機が下りていく踏切の前で、立ち止まった。

すると、ふいに、踏切を挟んだ先に、利太の姿があることに気がつく。

利太は、スマホで虫を撮っている。

と、はとりに気がついて、利太は顔をあげた。

「お」

「！」

驚いているはとりに向けて、利太はスマホを向けた。

たぶん、いつもしているみたいに、カメラをかまえたんだ。利太はもう、スマホで写真を撮るのがクセみたいになっているから。

けれど、その瞬間、ガーッと音を立てて、電車が通過する。

電車で見えなくなっても――、はとりは、電車の向こうにいる利太のことを思った。やっぱりはとりは、利太にどうしても振り向いてほしい。はとりを見て、はとりが利太のことを好きなんだってことを知ってほしいのだ。

はとりは、決意した。

――……利太が追ってくる、その日まで。

はとりは、激しくレールをきしませて走り去ろうとする電車に向かって、――いや、その向こうの利太に向かって、大きく叫んだ。

「バイバイ、大好き！」

その叫び声は、電車の音にかき消されてしまう。

でも、いい！

今すぐには利太に届かなくても、あたしの気持ちは変わらないから。

「次会う時までに、超いい女になってギャップ極めてやんよぉ!!!」

利太に、あたしの気持ちに気づいてもらうために！

そう気合を入れると、電車にくるりと背を向け、はとりは走り出した。

やがて、電車が完全に通過する。

踏切があがった先には、利太がひとり取り残されていた。

「……」

さっきまであったはずのはとりの姿が消え、利太は戸惑った様子ではとりのいた場所を見つめた。

scene 11

そこから、はとりの猛烈な自分磨きの日々がはじまった。

ギャップ大作戦の効果を高めるために、再会の時までに、見違えるようなとびきりのいい女になっておくのだ。

利太（りた）に、少しでもはとりの魅力に気づいてもらうために。

とにかくダイエットとエクササイズをしまくって自分磨きしようと決意したはとりだが、もちろんギャップ大作戦のためには生半可（なまはんか）なレッスンなんて選んでいられない。またもあらぬ方向へ暴走したはとりがセレクトしたのは——、なぜか、超本格ヒップホップダンスだった。

——よっしゃ、ミュージックスタート！

そう気合を入れ、はとりはヒップホップダンスのレッスンに励みはじめた。それも、脳内妄想でバックダンサーまで引き連れて。

すべては、ギャップ大作戦を極めるために、はとりは、ただひたすらこの夏を、ハードな曲をかけて行う猛烈なダンスレッスンに注ぎ込むことにしたのだ。

一日終わるごとにダンスのスキルがあがっていって、ポーズを決めるごとにかっこいい効果音まで聞こえてきそうな勢いだ。喜び勇んで、夜寝る前のベッドのなかで、はとりは手帳にバッテンを書き加えた。

見てろよー！　もうすぐダンサーとしても超一流に……、そして利太の心もあたしのものに♡

暴走するはとりは、猛烈なヒップホップダンスのレッスンの合間に、早朝の町をランニングしたり、買ったばかりの健康器具を口に思いっきりくわえて全力で振りまくったりと、ありとあらゆるエクササイズを取り入れた。

これで、体重減らしてウェスト引き締めて、大人の雰囲気も出て小顔効果もバッチリのはず……！

一日が終わるたびに、はとりはバッテンの増えていく手帳を一生懸命にらんだ。

自分磨きに没頭するうちに、夏休みが一日一日とすぎていく。けれど、利太と会えないと、時間が経つのはものすごく遅いように感じられる。

どうしてもつらい日は借りっぱなしになっている利太のジャージのにおいを嗅いで利太チャージをしてなんとか乗りきり、はとりは、毎日手帳の日づけにバッテンを書き加えていった。

「もう少し……」

「……もう少しの辛抱だ」

そのはず、だ。

利太があたしを求めて、連絡をしてくるまでは、我慢しなくちゃ。

けれど、手帳がバッテンで埋まっていくばかりで、肝心のスマホは、一向にうんともすんともいってくれない。代わりにヒップホップダンスのスキルばかりがどんどんあがっていって、動きがキレッキレになる一方だ。このままじゃ、バックダンサーもいらないくらい、ダンススキルを極めてしまいそうだ。

……なんかあたし……、間違ってる？？

それでもはとりは、スマホをにぎりしめたまま、こうつぶやいた。

「明日こそ……、利太から連絡が」

夏休みが始まってから、毎日こんなことを言っている気がする。

一瞬そう思ったが、はとりはあわてて自分のなかの不安を押し込めた。

とにかく今は、ギャップ大作戦の成功を信じて、自分磨きをしなくては。


――夏休みもかなりすぎたその夜、中島がバイトしているコンビニに、ふいに、利太が現れた。

利太は、キョロキョロしたあと、中島に目をやり、小さく頭を下げた。

「よう」

「おう」

利太が、無言でコンビニのなかを見まわす。

けれど――、どこにも、利太が探す相手はいなかった。自分でも気づかないうちに肩を落として、利太は中島に尋ねた。

「アイツといっしょじゃねぇの？」

「あぁ、はとり？　最近会ってないけど」

「……ふーん」

ひとりごとみたいにそうつぶやいて、気まずそうに、利太はさっさとコンビニから出ていってしまった。

中島は、利太の様子を見て、さりげなくにやりと笑った。


夏休みももう終わり近くになったころには、はとりの自分磨きのネタも尽きていた。

やることがなくてひたすら暇で、はとりは、漫画喫茶に入ってダラけながらアオハライドを読んでいた。

って、漫画読んでる場合か！

「全然こないじゃん！」

利太からの連絡がきていないかと、あわててスマホを確認する。スマホの画面は、無情にもいつもとおなじ、ただの待ち受けのままだった。

「ラインひとつないし、なにこれ……。もしかして利太、あたしのこと忘れてる⁉」

「いいよね、アオハライド」

「⁉」

ふいにそう声をかけられ、はとりは驚いて顔をあげた。

見上げると、ブースの上からクマのぬいぐるみがヒョコッと顔を出した。そして、まるで本当に喋っているみたいに、口元を動かす。

「五時間パックとか、どんだけ暇なんだよ」

クマのぬいぐるみの意外に毒舌な突っ込みに答えるように、弘光が隣に顔を出し、はとりの手のなかのアオハライドを見下ろして続いた。

「ねぇ、もう十一巻まで読んじゃってるし」

ブースの上から顔を出してきた弘光に、はとりはあっけに取られた。

「……弘光くん」

「久しぶり」

「てか、なんでいんの⁉」

「はとりちゃんに会いに」

さらりとそう告げると、弘光はさっさとはとりのブースに入り込み、その横に座る。

「え？　あ！　へ？」

「このままじゃ、夏の思い出ゼロだね」

ナチュラルに弘光に肩を抱かれてぎょっとする間もなく、クマのぬいぐるみによる突っ込みがそう入る。思わず、はとりはしゅんとした。

このエスパーみたいに鋭い弘光は、どうやらはとりの実行しようとしているギャップ大作戦のことまで、なぜだかお見通しらしい。

けれど、確かに、弘光の言う通りだ。

自分磨き（？）を頑張っていたはとりは、この夏どこにも出かけていない。

利太のために頑張ったのはいいけれど、夏休みは、明日でもう最後なのだ。もしこのまま利太と一度も会えなければ、たった一度しかないはとりの高校二年生の夏は、なんの思い出もなく無駄にすぎ去ることになってしまう。

はとりは、うつむいたままため息をついた。

「……」

「じゃあデートする？」

はとりが答える前に、クマのぬいぐるみが、『するする、ヤッホー☆』と可愛（かわい）く声をあげた。

「あ、オレの当たり……。ほら」

そう言うと、弘光は手にしたアイスをひとすくいスプーンに乗せて、『ア～ンして』とばかりに、はとりに差し出した。

「⁉」

弘光の誘いがあんまり自然でいいタイミングだったから、ついつられて乗せられてしまった……のだけれど。

――え、これって浮気？

利太への裏切り？

いやいや待て、浮気もなにも別に利太とはつき合ってないし、アイツが勝手に彼女作ったんじゃん……！

そうだよ、こんな震えるほどのイケメンがあたしにアイスを、ア～ンしてくれてんだよ⁉

いいよね、あたし楽しんじゃっても……‼

はとりは、バッと目線をあげた。

すると、そこにはなぜか、椅子（いす）に座ってのどかに微笑（ほほえ）む中尾彬（なかおあきら）がいた。

「いいんじゃない？」

「⁉」

「いいんだよ」

中尾彬にそう言われると、やっぱり説得力がある。

はとりは、中尾彬としっかり目と目を合わせ、力強くうなずいた。

そして、気合いを入れて大きく口を開く。

「ア～ン！」

「はい、ア～ン」

ちょっと面白がりながら、弘光がはとりにアイスを食べさせようとする。

しかし、アイスがはとりの口に入ろうとする、その瞬間。

なぜだかいきなり、はとりの顔に水鉄砲が噴射された。

「⁉⁉」

いきなり水びたしになって、はとりは目を白黒とさせた。

なにが起きたのかと、きょろきょろとあたりを見まわすと、いつの間にか、はとりと弘光は水鉄砲を持った子どもたちに囲まれていた。

子どもたちは、はとりと目が合った途端、一斉に口を開いた。

「リア充(じゅう)爆発しろぉ～！」

「リア充爆発しろぉ～！」

利太に片思いしていた時は、カップルを見るたびに、はとりが心のなかで唱えていた言葉だ。

まさか自分が言われる羽目になるなんて……と思っていると、子どもたちがふたたび水鉄砲をビシャッとはとりに噴射した。

もう、はとりは髪までビショビショだ。

はとりは、無言で子どもたちを見つめた。

「……」

「はとりちゃん？」

「……ぶっつぶす！！！！」

弘光の目も気にせず、はとりは、水鉄砲を手にした子どもたちを追いかけはじめた。

大人舐めんな！　とばかりに、はとりはまるっきり手加減なく水鉄砲を奪い取ると、子どもたちに向けて撃ちはじめた。

「ふぎゃああ!!!」

怒っていたはずなのに、いつの間にかはとりは、夢中になって子どもたちと遊んでいた。

おとなげなく本気で子どもたちを水鉄砲で狙うと、子どもたちも笑いながらはとりに撃ち返してくる。

子どもたちに交じって、子ども以上に楽しそうにはしゃぐはとりに、いつの間にか弘光までもが笑みを浮かべている。

けれど、夢中になっているはとりが、それに気づくことはなかった。

と、ふいに子どものひとりが、弘光の背中に水鉄砲を噴射した。いきなり背中がびしょ濡れになって、弘光は声をあげた。

「うわ！」

弘光の声に、ぎょっとしてはとりは顔を青くした。

やっべー、弘光くんがいたこと忘れてた！

はとりはあわてて、弘光のフォローに入った。

「ばか！　そのお兄ちゃんを巻き込んじゃダメ！」

猛ダッシュして、はとりは弘光の方へと走った。

こんなに放置して、退屈させてしまっただろうか？

いや、むしろドン引きされてしまったかも。

しかし、弘光は……。

「リア充ナメんな！」

水びたしにされたというのに怒りもせず、にっと笑うと、弘光も駆け出し、子どもに交ざって遊びはじめた。

楽しそうに笑いながら子どもたちと遊んでいる弘光を見て、はとりはビックリしていた。

──え、弘光くんって、こういうの乗っかってくれるんだ。

なんか……、嬉しいな。

引かれたかもと思って不安になっただけに、テンションがあがる。

弾けるような明るい笑顔になって、はとりも再び子どもたちに交ざった。そして、弘光といっしょになって追いかけっこをはじめる。

子どもたちに追いかけられている弘光に、はとりは思いっきり叫んだ。

「そっち！　コースケ！」

「え？」

──やべ、下の名前で呼んじった。

今度こそ、本当に引かれたかも。

けれど、振り返った弘光は、優しく微笑んでいた。

「はとり！」

弘光に名前を呼ばれ、はとりは、顔をほころばせた。

心なしか、弘光も嬉しそうにしている気がする。

けれど、その瞬間、弘光がこう続けた。

「……うしろ」

え。

気がつくと、はとりの背後には、たくさんの子どもが集まってきていた。

「!!!」

ぎょっとする間もなく、はとりは目の前にあった池にドボンと落とされてしまった。

遊び終わって、はとりと弘光は、すっかり暗くなった街を並んで歩いていた。

「は〜、楽しかった〜！」

素直にそう言うと、弘光がふいにはとりの方を見る。

「……オレ、結構はとりちゃんのこと好きかも」

「!?」

弘光と目が合い、はとりの心臓が一気にドドドドッと高鳴る。

はとりが動揺しているのを見抜いて、弘光は面白そうに笑ってこう尋ねてきた。

「で、どう？　オレのこと好きになってきた？」

その態度は、いつもと変わらず軽薄で。

――おっつ、あぶねぇ、弘光くんこういう人じゃん。

騙されてキュンキュンするとこだった！

なんとか動揺を鎮めようとはとりがわたわたとしていると、そこへ女の人の声がかかった。

「コースケ？」

「!?」

驚いた様子で、弘光が振り返る。

つられて、はとりも弘光の視線の先を追う。

そこには、メイクも髪型もばっちりな綺麗な女の人が立っていた。

いくつくらいなのだろう。

はとりの目には、二十代後半くらいに見えた。

「やっぱりコースケだ」

甘えるような声でそう言うと、その女の人は、お酒に酔っぱらったようにフラフラとした足取りで弘光に近寄ってきた。そして、弘光にもたれかかる。

「また女子泣かせてんの？」

その人は、上目づかいで弘光を見つめた。

――なんだ、この女子力だだ漏れ女は!?

ドキドキも、楽しかった余韻も、全部がかき消えて、はとりはただ、その綺麗な女の人と弘光を見つめた。


酔っぱらっているその女の人を送る弘光に、なぜだか、はとりまでつき合うことになった。弘光が、連れてきた女の人をソファによいしょと寝かせる。

彼女は、恵美さんというらしい。

そして、このゴージャスなマンションは彼女のひとり暮らしの家だ。

しかし……。

なんだこの状況は！

そう思いながらも、はとりは弘光におそるおそる確認した。

「……えー、このたいへん酒くさいお方は？」

「オレの家庭教師だった人……」

「あ〜」

「で、元カノ」

「⁉」

「この人に、悪いことたくさん教えてもらったんだ」

——そんなAVみたいなことが、リアルに⁉

てか、すごい年上じゃん、この人……。

そう思っていると、弘光が笑ってこう言った。

「最後は、他の男に取られて捨てられちゃったんだけどね」

「え……」

驚く間もなく、ソファからむくりと恵美が起き上がった。

「コースケ、これはずしてぇ」

甘え声なんだけどどこか横柄（おうへい）に、恵美というその女の人は弘光にネックレスを指さした。

弘光の方も、文句ひとつ言わずに、恵美のネックレスを外す。

「あと喉渇（のどかわ）いた、お水〜」

「はいはい」

まるで当然みたいに、弘光は恵美の部屋の冷蔵庫に向かった。そのさまをはとりに見せつけるようにしながら、恵美は、にこっと笑った。

「……なんだかんだいって、今でも恵美が一番なんだよね、コースケは」

冷蔵庫から出されたミネラルウォーターが、コップに注がれていく音が聞こえてくる。

弘光は、やっぱり言い返さないで、笑っているだけだ。

「私にその気がないってわかってても、こうやってかまわれるのが嬉しいんだよ、ねぇ～」

はとりは、キッチンにいる弘光を見た。その横顔は、微笑んでいる。

でも、その顔は少しだけ、……寂しそうな気がした。

てか。

さっきからこの女、自分から振っておいて、なんつーデリカシーのなさだ。

はとりは、だんだんとイラつきはじめていた。

「……」

「いろんな女の子と遊ぶのも結局は恵美のことが忘れられないからで、そういうトコ本当にお子ちゃまっていうか」

ペラペラと得意げに弘光のことを語る女に、とうとう、はとりの堪忍袋の緒が切れた。

「おい、オバサン!!!」

「！」

「……え、恵美のこと？」

「そうだよ、見る目ないオバサン！」

『オバサン』と言われて開いた口がふさがらない様子の恵美にも、はとりを見て驚いている弘光にもかまわず、――気がつけばはとりは、ただ弘光のために恵美に怒っていた。

「弘光くんはかっこいいんだからね！」

「⁉」

「弘光くんが優しくて気配り上手で唇がプルプルだからって調子乗っちゃっていつまでも自分の所有物です、みたいな顔しちゃって独占欲だけ出して、おまえ利太か⁉　弘光くんを振ったこと、絶対後悔するからね、オバサン。だから自信持っていいんだからね、弘光くん！」

あたしみたいに、みじめになんかならないで。

弘光には、こんな思いやりのない女の人、釣り合っていないから――弘光は、こんな人よりも、そして、利太に振りまわされてバカな期待をしては傷ついてばかりいるはとりなんかよりもずっと、魅力的な人だから。

そう弘光に伝えたかった、……はずなんだけれど。

「……」

当然かもしれないけれど、気がつけば室内はシンと静まり返っていた。

そこへ、台所からぷっと吹き出す弘光の声が響く。

「やばいね、はとりちゃん」

弘光の声に、ようやくはとりは我に返った。

おそるおそる恵美を見て――、はとりはげっと思った。

やばい、大変なことになっている。

なんと、恵美は、目を点にしたまま、死んでしまったみたいに微動だにせず固まってしまっているのだ。

もしかしてこの人、魂飛んじゃった……⁉

恵美の思いやりのかけらもない態度に、思わず弘光と自分を重ねて熱く説教かましてしまったのだけれど、よく考えたら、弘光はかつてこの恵美のことを好きだったようなのだ。

今もその気持ちが残っているかどうかはわからない。けれど、もしかすると、はとりは思いっきり余計なことをしてしまったのかもしれない。

「え、あ……ってことで」

ここは柳沢慎吾を召喚する他ない！

「あばよ!!!」

　バーチャル中島がものすごい勢いで突っ込んでくれそうなクオリティの高い物真似をまたも披露し、はとりは恵美の部屋を飛び出した。

　まったく、弘光の元カノ相手に、なにやってんだ、あたしは……。


　しばらく魂を飛ばしていた様子の恵美だが、やがて我に返ったのか、平静を装ったように弘光に目をやった。

「なに今のバカ？　ああいう感情論でしか話せないやつって無駄に疲れるわ……。もう、つき合う子選びなって、いつも言ってるよね」

　けれど、言葉を投げられた弘光は、恵美よりずっと冷めた目線を返した。

　持っていた水を恵美に差し出すと、弘光はいつもの笑みを浮かべた。

「つまんないから帰っていい？」

「!?　すっ、好きにすれば。その代わりもう二度と」

「二度と、恵美さんの前には現れないよ」

　弘光は、恵美に顔を近づけて、甘く微笑んだままこう言った。

「オレ、あんたが思ってるほど、もーあんたに興味ないんだよね」

弘光は、あっけにとられている恵美に背を向けた。なんの未練も残さずに。

すぐに恵美のことは弘光の脳裏から消え、代わりにはとりがさっき言ってくれた言葉が思い出される。

胸を衝かれた思いだった。自分の気持ちに素直すぎるほど素直で、いつも利太のことばかりに一生懸命なはとりが――弘光のためにあんな風に怒ってくれるとは思わなかった。はとりが思っているよりずっと恵美のことは弘光のなかで過去になっていたが、それでも、はとりのまっすぐな言葉は、弘光にはとても嬉しく感じられた。

はとりは、弘光が想像する以上にいろんな表情を持っている。気がつけば、いつまで経ってもはとりのことが弘光の頭から離れようとせず、それに、自分でも驚くほどに胸の鼓動が高鳴る。でも、それが嫌じゃない。

弘光はひとり、そっとこうつぶやいた。

「今はさ、目が離せないんだ。……あの子から」


恵美のマンションから飛び出して、はとりは、スマホを確認した。

いろいろあったからか、無性に利太と会いたくて仕方なかった。けれど、やっぱり利太からの連絡はない。

でも、このままなにもしなかったら、もう夏休みが終わってしまう。

安達が帰ってくれば、またふたりの仲はどんどん近づいていってしまうというのに、はとりと利太との距離は広がっていく一方だ。

利太が連絡をしてくれないのだから、このままはとりが追いかけなければ、はとりと利太の関係は終わってしまう。

そんなの、絶対にいやだ。

はとりは、勇気を出して利太に電話をかけた。

「なに？」

「あ、いや、えっと……」

もごもごと、はとりは口ごもった。

「え、なんだよ？」

なんて言おう⁉

なにか言わなきゃ！

そうテンパっていると、ふいに、はとりの目に、花火大会のポスターが飛び込んでくる。

こ、これだ‼

勢いで、はとりは、電話に向かってこう言った。

「あのさ！　明日、花火行かない？」

「……」

しばしの沈黙。

やっぱり、ダメだろうか。

ドキドキとしているうちに、利太の声が返ってくる。

「わかった。じゃ明日」

「うんゴメンね、急に……」

そううなずいて、はとりは通話を切った。

そして、ガックリと肩を落とす。

「はぁぁぁぁ……。ま、そりゃダメだよね……。って！　行くってか！」

通話の終わったスマホを見つめ、思わずはとりはそう突っ込んでいた。

利太は、いったいなにを考えているのだろう。

なにを思って、この夏休みをひとりですごしていたのか。

はとりのことも……、少しは考えてくれていたのだろうか。

どれだけ考えてみても、はとりには、どうしてもわからなかった。

一方の利太は、電話を切ったあとも、着信が来る前にお湯を入れて時間を待っていたはずのカップラーメンのことすら忘れて、じっとスマホの液晶画面を見ていた。画面には、はとりがラインのアイコンに使っている自撮り写真が映っている。

七歳の時からこれまで毎日のように会っていたはずなのに、この夏休み、はとりからの連絡はずっとなかった。安達が短期留学で不在というのもあったが、はとりがいなくなって空いてしまった穴は利太が思っているよりも大きくて、連絡が来ないかとスマホの画面を見たこともあったし、ある時はわざわざ中島のバイト先にまで探しに行ってしまった。けれど、どこにもはとりの姿はなかった。

夏休み最終日目前になってようやく連絡が来てほっとしたけれど、どこかでもやもやとした感情も残る。

――はとりは、利太なしで、いったいどんな夏休みをすごしたのだろう。別の誰かと、すごしていたのだろうか。もしかすると、利太のことなど、すっかり忘れて。

利太は、自分でも気づかないうちに、すっと顔をしかめた。

翌日、はとりは、浴衣(ゆかた)を着てメイクも髪も気合いを入れて決めて、待ち合わせの場所である神社の前へと来ていた。
大人っぽく見えるように、今日のために選んだ浴衣は落ち着いた花柄(はながら)で、編み込みを入れてアップにした髪にも、浴衣とおなじ色の花のアクセをつけている。少しは、利太(りた)に『変わったな』と思ってもらえるだろうか……。
ドキドキとしながら、はとりはキョロキョロとあたりを見まわした。それにしても、すごい人混みだ。

みんな今夜の花火大会を見に来たのか、神社の周囲は浴衣姿の人々であふれている。やっぱりカップルや子どもが多くて、女の子が楽しそうに笑っている声や、子どもたちの歓声が響いてきている。屋台がところ狭しと並んで、にぎやかな呼び声もたくさん聞こえた。

いつもと違う夏の夜の空気や、これからはじまる花火大会を待ちわびるワクワク感に、どんどん緊張が高まる。けれど、今日は　ギャップ大作戦の決行日なのだ。いつもみたいに、利太利太とはしゃがないで、きょどったりしないで、クールに振る舞わなくては。

自分磨きをして見違えるほど変わったはとりを、利太に見てもらうのだ。

でも、待ち合わせ場所に利太の姿を見つけた途端……。

「……ホントに来てくれたんだ」

はとりの顔は、思いっきり緩んだ。

あわてて、ニヤける自分の顔をはとりはパチンと叩いた。

落ち着け、クールに。

「久しぶり」

「おう」

――はぁ～ん♡

はしゃがないはしゃがない、と、自分に言い聞かせても、心はやっぱり大はしゃぎしてしまう。

生利太やばぁ〜い♡

「あ、ちゃんと浴衣着てきてくれたんだ〜」

「おまえが着ろって言うから」

そう答え、利太は、花火がよく見える高台にある神社の境内へ向かって、階段を上がりはじめた。

利太に続いてそのうしろを歩き、はとりはこらえきれずにニヤニヤとしていた。

——利太の声♡　利太の背中♡♡　利太のにおい……♡♡♡

あぁ、会いたかった、会いたかったよぉ〜♡!!

なんか久しぶりなせいか、利太がいつもよりも男の子に見える。

すると、利太が突然振り返った。

「あ、これ。タコ焼き」

利太が差し出してきたのは、かつおぶしがユラユラそよぐ、焼き立てホカホカのタコ焼きだ。

「えええ、あたしに!?」

「好きだろ？」

「……」

啞然としていると、怪訝そうに利太が尋ねる。

「なんだよ、テンション低くね？」

「あ、いや、ありがと！」

そうお礼を言った瞬間、利太に肩を抱くようにして引き寄せられる。

「!?」

驚いて、はとりは目を見開いた。はしゃいで駆けてきた集団に巻き込まれないようにと、利太がはとりをかばってくれたのだ。

「ほら、離れんなよ」

「う、うん」

利太が、はとりの肩をつかんで、自分の前を歩かせてくれる。

——……なんか利太が、女の子としてあつかってくれてる気がする？

「髪いいじゃん」

利太に褒められて、思いっきり動揺する。

普段、利太ははとりをこんな風に褒めたりしない。

本当はすごく驚いていたし嬉しかったけれど、クールを装って、はとりは利太にこう答えた。

「で、でしょ～？」

――これがギャップ効果⁉

すごい！

効果覿面すぎる‼

けれども、そこへふいに、知っている声が割り込んできた。

「へぇ～いいじゃん、浴衣」

「⁉⁉」

驚いて見上げた先に、弘光がいた。

それも、浴衣を着ている。

当然ながら、……すごくかっこいい。

なんとなく流れで弘光といっしょに行動することになり、花火のよく見えそうな神社の広場までやってくると、そのまま利太と弘光に挟まれて、はとりは小さなベンチに腰を下ろした。

利太とも弘光とも肩がくっつくような距離で、ドキドキと動揺と緊張で頭が真っ白になりそうだ。

　すると、ドキドキとしているはとりに、ふいに弘光がなにかのチケットを差し出してきた。

「あ、そうだ。これあげる」

「え？」

　よく見ると、それはイカ焼きの無料引換券で、弘光は意味深にはとりにささやく。

「昨日のお礼」

「……」

　利太が、ちょっとイラッとした顔で、弘光を見る。

　はとりは、なんとかごまかそうとこう言った。

「あ、えっと弘光くんひとり？」

「バイトの子たちと合流するとこ」

「そっかそっか」

　はとりがうなずくと、弘光はにっこり笑ってこう言ってきた。

「はとりちゃんがいてほしいならいっしょにいるよ？」

「はとり」

「！」

利太が、こっちを見てくる。

怒っているみたいな、すねているみたいな表情で。

「おまえ、そいつのことどう思ってんの？」

「はっ、いやどうって」

返答に詰まっていると、弘光が耳元に小声でささやいてくる。

「内緒って言ってみ」

ギャップ大作戦の一環？

戸惑いながらも、はとりは弘光のアドバイス通りにした。

「……ナ・イ・ショ？」

「くだんね」

即答で利太にそう返され、はとりは声にならない声をあげて抗議の目で弘光を見た。

弘光は、しれっと笑ってはとりの手のなかのチケットを見てうながす。

「ねぇ、イカ焼きもらってきたら？」

「いや、でも」

ちらりと利太を見ると、利太はイラッとした顔のままこう答えた。

「行ってこいよ」

「じゃ、じゃあダッシュで行ってくる！　すぐ戻ってくるから‼」

はとりは、あわてて立ち上がり、イカ焼きの屋台を目指して駆け出した。

すっ、すごい！

利太が、あんなこと言うなんて。

独占欲まる出しだった……！

でも、いつまでも利太と弘光をふたりにさせてはおけない。

はとりは、屋台の並ぶ神社の境内を全速力で走った。


はとりが走り去ったあとで、利太は弘光をちらりと見た。

「あんま、はとりのことからかうなよ」

「なに、気になっちゃう感じ？」

「どうせ遊びでチョッカイ出してるだけだろ」

「……」

利太の言葉に、弘光の顔色が静かに変わる。

それでも一歩も引かず、利太は続けた。

「あいつバカだから、勘違いすっから……。おまえがいつも遊んでる女とはちげぇんだよ」

「オレが本気だったら？」

「!?」

ふいに弘光にそう問われ、利太は驚いたように目を見開いた。

弘光は笑っていたが、こいつは感情の読めない男だ。だから、弘光が本気なのか冗談なのか、利太にはわからなかった。

たたみかけるように、弘光が利太を攻めてくる。

「だったら納得する？　寺坂くん？」

「いや別に俺には」

「まさか、ここで安達さんの名前出す気？」

勘弁してよ、とばかりに、弘光は利太を見た。

「悪い男だねぇ、オレなんかよりずっとタチ悪い」

軽い言い方なのに、弘光の声にはどこか本気さが混ざっている気がした。だから余計に腹が立ち、利太は弘光をにらんだ。

「おまえ、いい加減に」

「いい加減にすんのはアンタだよ」

「⁉」

　もう、弘光の声からも、冗談めかしたところは消えていた。弘光は、苛立っている利太をまっすぐににらみ返して、こう言った。

「はとりちゃんのこと心配してるふりして、結局は自分のこと無条件で好きでいてくれる彼女を手放したくないだけ。それって残酷じゃない？」

　それは、図星だった。

　利太は、――はとりがずっと自分を好きだったことを、知っている。

　はとりに直接告白されたわけではないが、とっくにはとりの気持ちには気づいていた。

　自分には安達という彼女がいるのに、はとりに別の彼氏ができることをいやがって、……気を持たせて、邪魔しているのかもしれない。自分は、はとりの気持ちに応えることができないのに。

　それは確かに、はとりに対して残酷な仕打ちだ。痛いところをつかれ、利太はなにも言えなくなってしまった。

　無言になってしまった利太を置いて、弘光は立ち上がった。

利太を見下ろす弘光の表情は――、真剣そのものだった。

弘光は、黙りこんでいる利太を見つめたまま、こう思っていた。

最初はただ面白がっていただけのはずなのに、利太がはとりの気持ちを利用していることに、いつの間にか弘光は怒りを感じるようになっていた。はとりがあんなにも一生懸命に利太を追いかけている分、利太のこの態度は許せない。それだけ、弘光のなかで、まっすぐなはとりの存在がどんどん大きくなっていた。

だから、柄にもなく本気になって、利太の痛いところをハッキリとつき、利太と張り合う真似をしてしまったのだ。

自分の感情を隠し、弘光は小さく肩をすくめた。

「帯、被ってんね」

自分と利太の締めるダークカラーの帯を指さしてそう言うと、弘光はさっさと立ち去ってしまった。

「……」

黙っている利太の背に、息を切らせたはとりの声がかかる。

「お、お待たせぇ！」

はとりが、猛ダッシュで戻ってきてくれたことが、利太にもわかった。

だから余計に、利太は、顔をあげることができなかった。

きょろきょろと周囲を見まわし、はとりは利太にこう尋ねた。

「あれ。弘光くんは？」

「知らね」

「え、なんかあった？　つうかなんか聞いた？」

「……」

黙ったまま答えない利太を、どぎまぎとしながらも、はとりは見つめた。

「えっと、さっきの冗談だからね……。あたし弘光くんのことは、なんとも」

「別にいいから」

「いくない！」

うつむいている利太の顔をつかみ、はとりは強引に利太と目と目を合わせた。

「来年も、再来年も、その次の年も……。いっしょに花火大会を見たいのは、利太だけだもん!!!」

「……」

「あたしには、ずっと利太だけだもん！」

沈黙の時間が続く。

自分の口にしてしまった内容に、はとりは、自分でも驚いていた。

今日弘光が現れてから、急に利太の機嫌が悪くなってしまったのはわかっていた。それなのに、ギャップ大作戦だからって弘光に乗せられて、駆け引きで自分の気持ちを意味ありげに、利太に『ナ・イ・ショ』なんて言ってしまって——。利太が嫉妬してくれたのは嬉しかったけれど、やっぱり少し後悔していたのだ。

はとりが本当に好きなのは、利太だけだから。

だから、誤解を解きたくて、つい、勢いで告ってしまった。

……ものの、沈黙に耐えきれない。

はとりは、そわそわとしながら利太の顔を覗き込んだ。

「えっと、今の意味、わかった？」

けれど、利太の表情は暗く、くもったままだ。

眉間を寄せたまま、利太はようやく口を開いた。

「……俺は」

「え？」

「俺は、ずっとなんて信じない」

「え？」

「……なにも持ってねぇんだ、俺なんか」

「利太？」

　利太がなにを言おうとしているのかわからなくて、はとりは戸惑った。そして、利太の視線の先を追いかけ、はっとする。

　そこには、境内を歩く若い親子連れの姿があった。

　その瞬間、はとりは、利太がその親子連れになにを重ねているのかわかった気がした。きっと、利太は、幼い利太の手を離して去っていってしまった自分の母親のことを思い出しているのだ。

　利太は、小さくなった声で続けた。

「……最後にはみんないなくなっちまうに決まってんだ。……俺が空っぽだから。……物足りなくなるんだよ。……母ちゃんも、安達も、おまえも……」

　その時──、利太の脳裏には、あの歩道橋の上で、母に手を離されたあの瞬間のことが思い出されていた。

　そしてそのことが、はとりにもよくわかった。

　だから、はとりは、すぐに首を振った。

「あたしは違う！」

「よく言うよ、俺がいなくても夏休み楽しんでたくせに」

「⁉」

驚いて、はとりは利太を見た。そして、すぐに行動を起こす。

おもむろに立ち上がって屋台の方へ歩いていったはとりを見て、……たぶん利太は、はとりが帰ろうとしたのだと勘違いしたんだと思う。

『やっぱりな』、みたいな感じで、自虐(じぎゃく)的に、……寂(さび)しそうに沈みこんでいた。

お母さんに置いていかれてから、利太は人を信じられなくなった。どんなに好きで大切な人ができても、いつかはその人も自分を置いて去ってしまう。そう思い込んで、傷つかないように自分で自分を守る壁を作っているのだ。『自分には、ずっとそばにいたいと思うほどの価値はない』って。

そして、はとりも、自分を置いて去ってしまった母親といっしょだって——。


なんだそりゃ。

利太は、はとりの気持ちを甘く見すぎている。

次の瞬間、はとりはアクロバティックな動きで飛び上がった。

「っごめんなさいっっ‼」

見たか！

この華麗な、スライディング土下座を。

「は？」

案の定、あっけに取られた利太に、はとりは矢継ぎ早にたたみかけた。

「寂しかったよね、悲しかったよね、ホントにホントにごめんなさい！　利太をひとりぼっちにさせちゃって!!!」

土下座したまま叫ぶはとりに、利太もあわててその場にひざまずいた。

「顔あげろって！」

「ギャップ！　ギャップ大作戦なの！」

「はぁ？」

「ギャップを作れば利太の気をひけるって言われて。でもね」

はとりは、急いで着物に合わせて持ってきたきんちゃく袋から、手帳を取り出して開いてみせた。

「あたし、ホントはこの夏休み利太に会いたくて会いたくてしょうがなかったの!!」

大量に×の並んだカレンダーには、一日ごとに『利太に会いたい』『利太元気かな？』『利太のにおい嗅ぎたい』『利太利太利太利太』などと、はとりの心の叫びが書かれている。

ひとりごとみたいに、自分自身を責めるみたいに、はとりは続けた。

「でもこれも全部言いわけだよね。利太が言うように、弘光くんに遊んでもらったり、ひとりで楽しんでた。利太の気持ち全然考えずに、自分勝手でごめん！」

実際、利太の寂しそうな顔を見て、はとりは猛反省をしていた。

ギャップ大作戦。

会えない時間が、愛を育てる。

確かに中島(なかじま)や学食のオヤジのアドバイスは正しかったかもしれないけれど、それでも利太をひとりにするべきじゃなかった。

利太に好かれたいけれど、それ以上に、はとりは利太に寂しい思いはさせたくない。絶対に。

驚いたような顔で、利太は、はとりを見つめている。

はとりは、利太に向けて、はっきりとこう宣言した。

「でも、決めた。もう、離れない。ひとりよがりだろうがなんだろうが、利太に一生つきまとうから」

まっすぐに自分を見つめるはとりの瞳(ひとみ)を見て、利太は茶化(ちゃか)すように笑った。

「……こえ～」

「人が真面目に話してるのに！」

思わず怒って、はとりは利太を軽く叩いてやろうと、手をあげた。けれど、頬に届く前に、利太がその手を握る。

ふいに触れ合った手に、はとりは、ハッと息を呑んだ。気がつけば、利太が、はとりを真剣な瞳でじっと見つめている。

一方の利太は、はとりを見つめながら、こう思っていた。

どうしてだか、はじめて、はとりをひとりの異性として見た気がするのだ。利太は、はとりがずっと自分のそばにいたことに、まるで今はじめて気がついたような思いだった。

気がついた時には、利太は感じたままを口にしていた。

「……はとりって、こんな優しかったっけ？」

「え？」

その時。

目をまるくしたはとりの唇に、利太が、――そっとキスをした。

直後、美しい花火が、夜空をぱっと染めた。

続いて響く、ドーンという、破裂音。

花火の色鮮やかな光が、はとりと利太を、照らしている。

その瞬間、はとりと利太は、まるで、ふたりだけの世界にいるみたいだった。高台にある神社の境内からは、下を流れる川の水面（みなも）や、そこに映る花火までもが美しく見えている。

——夢じゃないよね？

夢じゃない。

そう教えてくれるように、花火が次々あがり、ふたりの姿を照らし続けた。利太の顔が、赤く染まり、青く染まり、少しの間あたりが暗くなって、また赤く染まる。

はとりは、利太から目を離せず、ずっとその瞳を見つめ続けていた。

利太も、まるで見惚（みと）れるような目で、はとりを見つめ返している。

——……利太がキスしてくれた、よね？

scene 14

利太とキスしてしまった衝撃と余韻が大きすぎて、ぼんやりとしたまま、はとりは利太と手をつないで帰り道を歩いていた。

利太が、キスしてくれた。

嬉しくて嬉しくて、ついつい顔がほころんでしまう。

けれども、ふと利太の顔を見て——はとりは凍りついた。

「……!?」

利太の顔は、ズーンとして暗い。

その表情を見ていられなくて、はとりはすぐに利太の手を離した。

「……あ、いいよ大丈夫」

「は？」

無理に笑顔を作って、はとりは努めて明るく、冗談っぽくこう言った。

「あれでしょ、さっきの……。そんな深い意味なくしちゃったんでしょ、キス」

自分で先に、利太に言われそうな言葉を口に出してしまった。

だって、どうしても、利太の口からそんな言葉を聞きたくなかった。『そんなつもりじゃなかった』とか、『なかったことにして』なんて言われたら、立ち直れない。だったら、利太の先取りをして、自分で言ってしまった方がいい。

けど――。

はとりの声は、震えていた。

一瞬だったけれど、すごく幸せだったから、そして、すごく期待してしまったから。

ショックなのを隠そうとして、一生懸命明るく笑おうとしているのに、瞳には勝手に熱い涙がこみあげてきそうになる。

しかし、利太は、はとりの声をさえぎるようにして、首を振った。

「そんなんじゃねぇよ！」

「⁉」

「俺がしたかったからしたんだ」

「利太？」

「だから困ってんだろ？」

驚いて、はとりは、利太を見つめた。

――……利太があたしのこと、ちゃんと見てくれてる。考えてくれてる……。

こんなの、はじめてだ。

今までは、はとりがどんなに利太のことを考えても、利太は、はとりの気持ちに気づいてくれなかった。……いや、もしかすると気づいていたかもしれないけれど、気づかないふりをしてばかりだった。いつも利太は、振り返りもしないで、ひとりではとりの前ばかりを歩いて、はとりが追いかけるのを待っているだけで。

でも、今は、はとりが利太を好きなことを、ちゃんと利太も知って、考えてくれようとしているのだ。

はとりは、利太の手を、ぎゅっと力を込めてつかんだ。

「！」

——逃がすもんか！

このまま解散なんて、ありえない。

手をつないだまま、はとりは、利太を近所のファミレスへと拉致した。


花火大会があったからか、もういい時間だというのに、夜のファミレスは、かなりの数のお客さんでにぎわっていた。ガラス張りの店内からは、花火大会の帰りらしき浴衣のカップルや子どもたちがたくさん見えている。

ざわめいているファミレスの奥の席に利太と向かい合って座り、はとりはきゅっとこぶしを握った。

——やっとまわってきたチャンス……。

世界中にいる神さまのどなたでもかまいません、どうか、どうか、あたしに力を与えてください!!!

そう強く心のなかで願いながら、はとりは、ファミレスの店員の目線もかまわずに、じっと利太の瞳を見た。

「利太、好き」

「んだよ急に」

「急じゃないよ。あたしね、昔から利太といる時が一番幸せで楽しくてドキドキしてワクワクして、んで、えっと、ほらさ、いっしょにいてなんつぅの？」

「……落ち着く？」

「そうそう、それそれ！」

打てば響くような反応に、はとりが顔を輝かせると、利太も嬉しそうに微笑んだ。

やっぱり、はとりと利太は、息がぴったり合う。

はとりは、誰といるより、利太といることがしっくり来る。

だから、利太にも、そう思ってほしい。

「あたしといれば、毎日利太を楽しませるし、利太をいじめる奴は許さない。寂しくなる暇なんてないくらい、いっしょにいる！」

「……はとり」

——揺れてる、利太グラングラン揺れてる！

はとりは、前のめりになって、向かいに座る利太に近づいた。

「……こんな可愛くて利太のことわかりまくってる子逃したら後悔するよ⁉」

「……俺」

はとりの目には、利太の心が完全に自分を向いてくれた、そういう風に見えた。

けれどその時――、ガラス窓を叩くコンコンという音が、ふいに響いた。

「え？」

「安達!?」

確かにガラス窓の向こうには、安達の姿があった。

ぎょっとして声をあげた利太に、ガラス越しに安達が『ただいま！』と声をかけるのが見える。

――な、なぜここにぃ〜〜〜!?

はとりは、利太と安達の姿を交互に見つめた。

利太が、あわてたように席を立つ。

それを見た安達も、ファミレスの出入り口の方へと向かった。

思わずはとりは、利太を呼び止めた。

「利太、行かないで！」

「！」

「まだ話が終わってない……だから」

「悪い。……ちょっと時間をくれ」

そう言われても、そんなの、無理だ。

せっかく利太と気持ちがつながりかけたのに、このまま利太に安達と去られてしまっては、はとりとのことは中途半端に終わってしまうかもしれない。

それだけは、絶対いやだった。

はとりは、あせって利太にこう言った。

「ちょっととか……、そういう言葉で逃げないでよ！」

困ったように、利太は、はとりを見た。

「あ、明日」

「ホント⁉」

「ちゃんとケリつけてくるから」

利太は、はとりにまた背を向け、外に向かって去っていってしまった。

その背を見送りながら、はとりはぽつりとつぶやいた。

「……ケリ？」

──え、それってつまり、そういうこと、だよね？

もうこらえきれない。

気がついたら、はとりは、『どうだ、見たか‼』とばかりに、大声で叫んでいた。

「……ヒロイン、返り咲きじゃあああ‼」

今まで一生懸命頑張ってきたけれど、ようやくそれが実る日が来た。

明日、明日なんだ！

あたしが、本当にちゃんと、利太のヒロインになれる日は。

scene 15

翌朝、その日はもう、始業式だった。

新学期を迎えて登校する生徒たちの話題は、ある噂（うわさ）で持ちきりだった。

「……聞いた？　花火大会のこと」

「はとりと寺坂（てらさか）でしょ。手つないでたらしいじゃん」

「うわ～、はとりやるねぇ」

ロッカーで、女子たちが騒いでいる。

「……」

安達は、顔面蒼白になって、その噂を聞いていた。

とても、すぐには信じられない。

夏休み――安達はずっと、海外にいた。確かに、その間は利太といてほしいと、はとりに頼んだのも安達だ。

けれど、まさか、そんなことになっていたなんて……。

安達は、ふらふらとしたままロッカーを出た。


――一方、利太はといえば、登校途中にあるいつもの歩道橋の上でひとりぼんやりとしていた。

その背に、声がかかる。

「もしかしてサボリ？」

それは、中島の声だった。中島は、はとりや利太とおなじ中学出身なのだ。だから、他の生徒よりも気心が知れている。

利太は、空を見つめたまま、ぶっきらぼうに中島に首を振った。

「ちげーよ」

「へぇ、じゃあ今日は修羅場か」

ぎょっとして、利太は中島を見返した。

「聞いたのか、はとりから」

「うん。包み隠さず。なにもかも。全部」

「……俺」

中島は、利太にツカツカと近づき、歩道橋から突き落とす勢いで、その背中を思いきり叩いた。

「痛っ!?」

「ダサイ真似だけはすんなよ、ぶっ殺したくなるから」

真っ暗な顔をして、利太は去っていく中島を見送った。

自分がなにをしたいのか、自分でもよくわからない。どこかに逃げ出したかったが、そんなわけにもいかない。

誰も傷つけたくないが、そんなことはもう無理なのかもしれなかった。

それでも利太は、歩道橋から空を眺めながら、誰も悲しまないで済む方法を探していた。

「……」

『ケリをつける』とまで言ってくれた利太が、そんな風に悩んでいるとは知らなくて、ひとり、はとりだけは浮かれきっていた。

パンをくわえながらバタバタと走って登校し、『まるで少女漫画みたい♡』と、ようやくゲットしたヒロインの座を満喫する。

「いっけなぁ～い♡　遅刻遅刻！」

「予鈴もまだだぞ、松崎」

そう指摘してきたのは、担任の教師だ。はとりはウキウキとした顔で、舌を出して自分の頭をコツンと叩いた。それから、笑顔でこう言う。

「あ、せ～んせ、ごきげんよう♪」

「昨日いいことでもあったか？」

「ううん、今日あるの♡」

頬を染めて意味不明な回答をしたはとりに、声をかけてきた先生は口をあんぐりと開けていたが、そんなことは気にもならない。

あっけにとられる先生を残し、手近の女子生徒にかじりかけのトーストを『どうぞ♡』

と手渡すと、はとりはスキップをしながら去っていった。

そこへふいに、弘光が現れる。まだあっけにとられている教師にあいさつをし、弘光は、嬉しそうなはとりの背中を、複雑な表情で見つめた。

けれど、利太のことで頭がいっぱいな今のはとりは、弘光の視線になんて全然気づくことはない。

「ウフフフ♡　アハハハ♡　あぁ、ヒロインって最っ高！」

まるで背中に羽でも生えたような気分だ。

今なら、このまま空でも飛べちゃいそう‼


──な、はずだったのに。

有頂天だったはとりは、急に呼び出され、どこか思いつめたような表情の安達に誰もいない教室へと連れてこられていた。安達とふたりきりで向かい合うと、浮かれていた気持ちは、すっかり消え去ってしまった。

いったい、なんの話だろうか。

はとりが身がまえていると、突然、安達がぺこりと謝ってくる。

「……あの、ごめんね」

「はい？」

「あんなこと、人に頼むなんてどうかしてた」

「え、なにが？」

「寺坂くんのそばにいてって……。でも私もう帰ってきたし、大丈夫だから」

「いや大丈夫とか言われても」

戸惑いながら、はとりは答えた。

けれど、安達はそれをさえぎるようにして、はとりを強く見た。

「寺坂くんの彼女は私だから！」

「⁉」

「だから私が寺坂くんのそばにいるから！」

その宣言に、はとりは、ぽかんと口を開いた。

安達は、あいかわらず、はとりを、自分と利太のために都合よく動くモノみたいにあつかう。

こんなの、さすがにひどい。

利太は安達のもので、それが前提で、はとりは、邪魔になったらどっか行けって？　そんなの、たまたま安達が利太のそばにいられない時だけの代用品みたいなあつかいだって、——どうして思わないのかな。

でも、安達はきっと、そんな風には全然思っていないんだろう。

安達は安達で、利太の気持ちを考え、はとりの気持ちを考えたつもりで、いっぱいいっぱいみたいだから。

今急にピンチになって、利太を失いたくなくて苦しくなってしまったんなら、……その気持ちは、わかるよ。

それだけ、利太のことが好きだということだし、いっぱいいっぱいなのは、はとりもいっしょだ。

でも、だからといって、腹が立たないなんてことはない。

はとりだって、傷つく。

ふいに、今までずっと、利太と安達がいっしょにすごしているそばにいてつらくてしょうがないのに、我慢して明るく振る舞わなくてはいけなかったことが、一気に思い返されてくる。

自分の言いたいことを言うだけ言って立ち去ろうとする安達に、思わずはとりは、冷静さを失ってこう尋ねた。

「え、前に自分で言ったんじゃないの」

「……」

「今まで通りでいいって、利太があたしのトコにいっても恨んだりしないって」

「……そうだよね、ごめんなさい」

振り返りもせずにまた謝ると、安達は今度こそ走り去ってしまった。

安達には、謝られてばかりだ。

はとりだって、安達にいやなことをたくさんしているのに。

「……」

はとりは、安達の背を見つめながら、唇をぎゅっと結んだ。

自分は、間違ってないはずだ。

はとりは、安達に、利太を好きじゃないなんて、一度も言わなかった。

利太を、安達に取られたくない。

だから、頑張って戦ってきた。

安達に対してだって、偽善者ぶって『諦める』なんて態度を見せたりしないで、正直でいたつもりだ。言葉でも態度でもウソをつかないで、自分の気持ちに正直に努力した結果が今なのに、どうしてだろう。自分の利太への気持ちを大切にしようと思うと、どうしても、安達に申し訳ないような気持ちになってしまう。

利太を失ってしまうかもしれない安達のつらさは、たぶん、はとりが誰よりもわかる。

安達のことを好きにはなれないけれど、——利太を好きな気持ちだけは、安達もはとりもおなじなのだ。

でも、だからって、他にどうすればいいんだろう……。


一方、はとりの前を去った安達は、教室のドアを開けて外へと出た。

そこには、——弘光の姿があった。

安達は、驚いて足を止めた。弘光は、はとりと安達の話を聞いていたのだろうか。

すると、弘光が安達にこう言う。

「……もう偽善者のふり、やめたら？」

「!?」

「好きなんでしょ、寺坂くんのこと。なら、つなぎとめなよ……。どんな手を使ってでもさ」

「……」

どうして、弘光がこんなことを言うのか、安達にはわからない。

喉が詰まって、声が出なかった。

けれど、安達はすぐに強く首を振った。

つまらなそうに、弘光はそうつぶやいた。

「……あっそ」

弘光は、いったいなにを考えているのだろう。安達を応援してくれているということだろうか、それとも――。

けれど、弘光は、それ以上なにも言わず、そのまま安達の前を去っていってしまった。

ひとり取り残された安達は、涙をこらえていた。

――もし、利太がはとりのところにいっても、恨んだりしない。

あの時、はとりに言った言葉に、ウソはなかった。

利太のことが好きだから、利太の気持ちが変わってしまったら、利太のために身を引こうと本気で思っていた。

全部、利太のため。

自分のことは、二の次でいいと思っていた。

でも、今、実際に利太が離れていってしまうかもしれないと思うと、いやでいやで仕方がなかった。

——バカだった。

きっと、あの時の自分は、いざその瞬間が来た時のことを、本気で想像できていなかったのだ。これでは、偽善者と言われたって、仕方がない。

今は、よくわかる。

本当の自分は、なにがなんでも利太を離したくないと思っていたことが。

利太が、たとえ、自分以外の人を好きだったとしても、自分がそばにいたい。そのくらい、安達の思いは利己的で、強くて、重かった。

それだけ、利太が好きだから。

けれど、今さらわかって、後悔しても、もう遅い。

……いや、遅くないかもしれない。

たとえ結果がダメだったとしても、今できることをやらなくちゃ。

これ以上、後悔しないために。

大好きな利太のことだけを思い、安達は走り出した。

授業が終わると、利太は、誰にも声をかけず、ひとりトボトボと帰路についていた。いつもの帰り道のはずなのに、今日はずっとどんよりと暗く感じられる。

結局、安達にはなにも言えなかった。

なにをどう言えばいいのか、わからなかったのだ。

すると、ふいにスマホが鳴り、はとりからラインが届いた。

『そろそろおっしゃってた「明日」が終わりますけど？』

『まだ5時だぞ』

『もう5時だぞ』

はとりの即（そく）レスに、利太は眉間（みけん）を寄せた。

確かに、はとりの言う通りだ。

はとりの気持ちだってあるし、なにより安達のためにも、別れるなら早い方がいいに決まっている。

けれど、利太は、自分がどうしたいのかわからなくなっていた。

けっして、安達をきらいになったわけではないのだから。

『自分から別れを告げるなんてはじめてだから』、と、ラインの返信を打って、利太はそれをすべて消去してしまった。

「……」

深くため息をついて、利太は顔をあげた。

「え？」

そこには、スーパーの袋を持った、安達の姿があった。


戸惑う利太をよそに、安達は家へあがると、台所にさっさと入った。

「おい、安達」

「今日はね、グラタンとチーズカツ！」

どこかぎこちない表情でにこっと笑って、安達は台所に置かれたエプロンを身につけた。

そして、急いで夕食の準備にかかる。利太は、あわてて安達を制止した。

「いや、待てって」

「好きでしょ、両方。それとも、リクエストある？」

「話を聞けって」

「花火大会のことでしょ？」

「え？」

「もう学校で噂になってる」

まな板に目を落としたまま、安達は小さな声でそう答えた。

「……ごめん」

利太が謝ると、安達が、つらそうに笑顔を作る。

「いいって、手をつないだくらい」

「!?」

「大丈夫。私、忘れるから」

明るいけれど、かすかに震えている声でそう笑う安達に、利太は動揺した。

こんなにも自分のことを想(おも)っていてくれる安達に、とてもはとりとのことを隠し続けられない。ウソをつくことは安達の気持ちに対する裏切りだし、このままウソをつき続ければ、安達を余計に傷つけるだけだ。

だから、利太は真実を口にした。

「……俺、はとりとキスした」

「!!!」

「ごめん……。もう俺、安達とは」

「やだ！」

利太の声を遮るように、安達はエプロンを投げつけてきた。

「⁉」

「なんも聞きたくない‼」

利太は、床に落ちたエプロンを見つめた。

安達をきらいになったわけではない。

だから、傷つけるのがいやだった。

けれど、それでもなんとか絞り出すようにして、利太は言った。

「……でも、俺は」

けれど、それ以上言うことはできなかった。

突然、台所に立っていた安達が倒れてしまったのだ。

「⁉　安達⁉」

急いで利太は、真っ青な顔をして気を失っている安達に駆け寄った。


——急に意識が遠くなった。だから安達は、自分にいったいなにが起きているのかすぐにはわからなかった。現実から逃げたって仕方がないとわかっているに、気がついたら、目の前が真っ暗になっていたのだ。

安達がぼんやりと目を開けると、そこには、心配そうな顔をした利太がいた。

「……寺坂、くん?」

そうつぶやくと、利太が、ほっとしたようにこう尋ねてきた。

「……気分はどう?」

「……」

「からだは? 痛くないか?」

倒れたのなんてはじめてで、自分でもびっくりしている安達に、利太が優しく毛布をかけ直してくれる。

「……」

自分を気づかう利太を見て、安達はつき合う前のことを思い出した。

はじめてだった。

家族以外の人に、受け入れてもらえたのは。

利太がいたから、自信を持つことができたのだ。自分にとって、利太は、『ヒーロー』だった。それなのに、利太がいなくなってしまったら、自分にはなにもなくなってしまう。

――『好きなんでしょ、寺坂くんのこと。なら、つなぎとめなよ……。どんな手を使ってでもさ』

　ふいに、弘光にかけられた言葉がよぎる。

　もう、偽善者のふりはやめよう。正直にならなくては。

　自分は、利太がどうしても好きなのだ。

　意を決して、安達は口を開いた。

「……最近、ずっと具合よくなくって」

「え」

「……寺坂くんがいたから私は変われたの、人の目を気にせず自分らしくいられた。寺坂くんを失ったら私……」

　なにがなんでも、離れたくない。

　その思いを込めて、安達は利太の手をぎゅっと握った。

「！」

「……私、ひとりじゃ戦えないよ」

「……」

　ぎゅっと握られた手を見て、利太は、なにも言えなくなってしまった。うつむいたまま、利太はこう思った。

こんなにまで利太を必要としてくれている安達を、これ以上傷つけたくない。

利太はもう、自分がはとりを好きだということに気づいてしまっている。けれど、安達に恋していた気持ちも、確かにあったのだ。

今ならまだ、引き返せるはずだ。

利太は、そっとポケットから、スマホを取り出した。

そして、眠ってしまった安達のそばを離れると、ずっと自分を待っているはとりを、あの歩道橋へと呼んだ。

利太（りた）からの呼び出しに、期待を込めて、はとりはいっしょに夕日を見たあの思い出の歩道橋の上で利太の到着を待っていた。ここは、利太と――そしてはとりにとって、大切な場所だった。利太は、大事なことがあると、いつもこの歩道橋に来る。だから、今夜もやっぱり、待ち合わせは歩道橋の上だった。

はとりは、昨夜からずっと、ほとんど眠れもせずにこの瞬間を待っていた。あと少しなのに、それがとても待ち遠しく感じられて、利太に会いたくて会いたくて、たまらない。

けれど――。

やっと来てくれた利太の告げた言葉を、はとりは、すぐには信じることができなかった。

「……今、なんて？」

「オレ、安達のそばにいる」

「え、だって昨日……」

キスしてくれて、……安達とケリをつけてくれるって。

けれど、利太はうつむいたままだった。

「ごめん」

「いや、ごめんとかいいから！　ねぇ、ちゃんと話そ？　ほら、まだ今日三時間あるし」

しかし、利太は、なにも答えてくれようとはしなかった。

はとりは、動揺したまま必死に利太を見つめた。

ウソだ、待ってよ。

どうして急に、こんなことになってるの？

たくさんの疑問が、グルグルとはとりの頭をめぐった。混乱しているなかで、はとりの頭に、利太に一番聞きたかったことが浮かぶ。

安達のこととか関係なくて、はとりに対する利太の正直な気持ちを教えてほしい。

はとりは、利太に詰め寄った。

「ねぇ、利太はちょっとでもあたしを好きじゃなかったの⁉」

利太の正直な気持ちをちゃんと知りたい。

そう思って利太に気持ちをぶつけたのに、利太が、顔をあげてくれることはなかった。

ただうつむいたまま、利太は言った。

「俺、もうおまえと関(かか)わんねーから。……傷つけてごめん。……ありがとな。俺なんかを、好きになってくれて」

——それだけ残すと、利太は、そのままふたりの思い出が詰まった歩道橋を去った。結局、一度も振り返らずに。

はとりの前を去り、利太は思った。これで、はとりとこの歩道橋に来るのも、もう最後だと。

けれど、そう固く決意していたはずなのに、階段を下りきり、はとりの姿が見えなくなったところで、利太は立ち止まった。

気がつけば、涙がいくつも頬(ほお)を流れ落ちている。驚いて、利太は、思わず自分の涙に手を触れた。

けれど、それでも——。

利太は、はとりのもとへは戻らなかった。


いつまで待っても、利太は戻ってはこなかった。

ポツンと取り残されたまま、はとりは呆然としていた。

なんで、神さまは安達の味方ばかりするんだろう。

それとも、あたしがまた間違えたことをして、バチが当たったのかな。

ついさっきまで、あんなに幸せだったのに。

まるで、全部が夢だったみたいだ。

利太がいなければ、はとりだって、ひとりぼっちも同然なのに。こんなにも、はとりには利太が必要なのに。

あんなに泣いて縋ったはとりを放っていっても、利太は安達のそばにいることを選んだ。

ようやく、わかった。

——利太は、あたしのこと、ちょっとも好きじゃなかったんだね。

それが、はとりの問いになにも答えなかった、利太の答えだ。

そう思った瞬間、突然、ダ———ッと大雨が降りはじめた。

「こんなドラマチックな演出いらないし」

とことん、自分は、幸せにはなれないみたいだ。

中島に助けを求めようと、はとりはスマホを開いた。

けれど、電話帳をスクロールするうちに、ふいに弘光の名前が目に入る。

「……」

思わず弘光に電話してみて、すぐにそれを切る。

弘光に都合よくなぐさめてもらうなんて、したくない。それじゃ、あの恵美と、なんにも変わらないから。


歩道橋の下で雨宿りしながら、はとりはぼんやりとしていた。

――……本当に終わっちゃったんだ……利太と。

そう思って、はとりは自分に苦笑した。

「いや、もともとはじまってても」

声の途中で、今まであったたくさんの利太との思い出がよみがえる。

どんな時も、はとりは利太を気にして、絡んだりちょっかい出したりして、ウザがられてもずっとそばにいた。

利太を、ひとりにしたくなかったから。

はとりがそばにいることを、利太もずっと、拒んだりはしなかった。

なのに、今夜とうとう、利太ははとりをひとりにして、置いていってしまった。

「利太を好きなことくらいしか取り柄ないのにな、あたし……。な〜んにもなくなっちゃった」

はとりの目から、ポロポロと涙が落ちた。

もう、本当にひとりぼっちだ。

そう思っていたのに、ふいにはとりに声がかかった。

「……こんなところにいたの?」

はっとして目をあげると、そこには、息を切らせた弘光が立っていた。

それも、はとりとおなじずぶ濡れの姿で。

「!?」

「呼んだでしょ、オレのこと」

でも、こんな大雨のなか、走って、急いで……。

まるで夢みたいで、すぐには信じられない。

はとりの目には、弘光が、まるで自分を助け出しに来てくれた王子さまみたいに見えた。こらえきれず、びっくりするくらいの勢いではとりは泣きだした。

「ざがじでぐれだの？」

「……」

ただ笑って、弘光はうなずいた。

「……傘は？」

「どっか行った」

「どっかって」

「ね、なんでオレこんなことしちゃってんだろ」

いつもみたいに軽い口調で、弘光は笑った。

けれど、すぐに真剣な表情になって、はとりをじっと見つめる。

「……もういいよ、はとりちゃん」

「え？」

「余計なこと考えなくていい、傷つかないでいい……」

その声を聞いた瞬間、こらえきれずに、気がつけばはとりは無言で弘光の胸のなかへ飛びこんでいた。そんなはとりを、弘光がぎゅっと抱きしめる。

「……ただオレだけを見てればいいから」

その声は、今までかけられた誰のどんな声よりも優しく、はとりの胸へと沁(し)みた。

scene 17

その日から、はとりと弘光の時間がはじまった。
学校に行くのも、昼休みをいっしょにすごすのも、弘光になった。
――空っぽになったあたしが、弘光くんで埋まっていく。
休日のたびに、いくつもカフェ巡りをしたりしているうちに、どんどん日がすぎる。
ふたりではじめてすごすイベントは、ハロウィンだった。
はじめてのイベントだから思う存分楽しもう！　と約束したハロウィン当日は、いっしょに魔女とドラキュラのコスをして、たくさんプリクラを撮った。弘光のドラキュラコスはすごく似合っていて、はとりの魔女コスも、弘光は何度も『可愛い』と褒めてくれた。うっかり何十分も独占してしまうくらい、はとりたちの入ったプリクラの撮影機からは、いつまでも絶え間のない笑い声が響いていた。

弘光といると、まわりの目なんか気にならないくらいとても楽しくて、思いっきりはしゃぐことができる。

いつも弘光ははとりが喜ぶことばかりを考えてくれて、すごく優しくて、はとりをからかったりすることはあっても、傷つけるようなことは絶対にしなかった。

利太のことを思い出す時間が減り、代わりに弘光のことを考える時間が増えていく。

はとりは、弘光といると、笑ってばかりだ。

学校で重いプリントの束を運んでいると、弘光がやってきて、からかうみたいに両手がふさがっているはとりの頬にキスをする。驚いているはとりからプリントを奪い、弘光が代わりに運んでくれた。はとりは、笑顔になって急いで弘光のあとを追った。

学校でも、学校の外でも、ふたりでいるのが、どんどん自然になっていく。

はしゃぎながら、はとりたちは、静かな保健室の前の廊下を通りすぎた。

保健室のなかには、利太がいた。ベッドに横たわる、安達とともに。

心配そうに自分を見つめてくれている利太に、安達が言う。

「よかった……。寺坂くんが戻ってきてくれて」

「……」

利太は、安達に優しく微笑んだ。

これでいいんだと、自分に言い聞かせながら。


それからも、めまぐるしく日々はすぎていった。

毎日のように、はとりと弘光はいっしょにすごした。

ファミレスでおしゃべりしても、ゲームセンターへ遊びに行っても、弘光といるととても楽しくて、時間があっという間にすぎていく。

すべてがはじめてのことばかりだ。

弘光は、はとりに嬉しい時間ばかりをくれた。

利太を思っていたころは、こんな時間は全然なかったから、なにもかもがとても新鮮で楽しくて嬉しくて——。冬が深まってからも、はとりと弘光はずっといっしょにいた。

はとりが、弘光に勢いよく抱きつくと、弘光は驚いたようにはとりを見た。

「！」

「……弘光くん、あったか～い！」

弘光になら、無理に元気なふりをしたりしないで、素直に女の子の自分を出して甘えられる。

そんなはとりに、笑顔になって、弘光は、はとりの頭をポンポンと撫（な）でた。

嬉しくて、はとりは弘光をまっすぐに見つめた。

弘光もまた、幸せそうなはとりを見つめ返した。そして、はとりに悟られないように、そっとこう思う。

――自分にとって、はとりは特別だった。はとりといると、これまでにない楽しさがあった。好きだから、と言ってしまえばそれまでだけれど、はとりの見せてくれる表情はいつも新鮮で、ずっとそばにいたいとはじめて心から強く思えた。自分をコントロールできないなんてこと、今までなかったのに。

けれど、そのことが、弘光にとっては嬉しかった。

この瞬間をなによりも大切にするように、弘光もまた、はとりとの時間を楽しんだ。

真冬が迫り、気温の変化とともに道行く人の装い（よそおい）も少しずつ変わっていく。高校生活最大のイベントである修学旅行の日程の近づく、ある日のことだった。

中島（なかじま）と学食に向かって歩きながら、はとりはおもむろに、修学旅行のしおりとともに、一冊のノートを取り出す。

「チャンラーン！」

そんな謎の効果音まで口ずさむはとりを見て、中島は目をまるくした。

はとりが大事そうに持っているノートには、『弘光くんサプライズ作戦』という文字がでかでかと書かれている。

「……サプライズ作戦？」

「YES！　実はぁ～、弘光くんのバースデーね、修学旅行と重なってんのよ！　だから、サプライズでお祝い？　プレゼントは正式に彼女になったあたし的な？」

甘い声で、はとりはうっとりとそう言った。

けれど、中島は予想に反して、

「……ふ～ん」

と、つぶやいただけだった。

首を傾（かし）げて、はとりは中島を見た。

「あれ？　自信過剰とかバカとか言わないの？」

「アンタんなかで、ちゃんと区切りついたんなら別にいいよ。弘光くん、アンタにもったいないくらいいい人だし」

　親友のめずらしく優しい言葉に、はとりは思わずうるっと涙腺を緩めた。

「ながじば～」

「これでもうアンタから寺坂との惚れた腫れた話を聞かなくてよくなるわけか」

「あったりまえよ、あたしの心は二〇〇〇〇％弘光くんのもんだし！」

「へぇ、そうなんだ」

　そう声をかけてきたのは、中島ではなく弘光だった。はとりの背後から顔を出し、弘光はにこっと笑った。

「サプライズ、楽しみにしてる」

　小さい声でささやくようにそう言われ、照れながらもはとりは笑ってうなずいた。

「うん」

　去っていく弘光に、はとりは一生懸命手を振った。

　それから、なにごともなかったかのように、はとりは中島にいつもの調子でアドバイスを求めた。

「さぁ！　サプライズ作戦を考えるのだ！」

「いや、アンタ、サプライズの意味わかってる？」

「愚かなる中島、おまえはどこまで愚かなのだ……。サプライズなんてものは形式美ですよ。熱湯風呂の押すな押すな押せよですよ」

「はぁ？」

中島の突っ込みも意に介さず、はとりは幸せオーラ全開で、修学旅行の計画を練り続ける。


そんなはとりたちの会話を――、利太がひとり、複雑な表情で聞いていた。

定食の列に並ぶ利太に、はとりが目を向けてくれることはない。けれど、それは仕方のないことだし、動揺する気持ちはあっても、はとりとはもう関わらないと決めたのだ。

利太にできることは、なにもない。

「……」

するとその時、学食のオヤジが利太の皿に、トマトを山盛りに乗せてきた。

ぎょっとしたが、学食のオヤジの顔を見て、それが自分へのはげましだと気がつく。

トマトなんて大きらいだが、今はトマトでもなんでも、ドカドカとやけ食いしたい気分だ。まるでそれを察しているかのように、学食のオヤジは利太に大きくうなずいた。

「食え」

「……はい」

男なら、黙ってやけ食いしたい時もある。

利太は、学食のオヤジにうなずき返すと、大きらいなトマトをどんどん頬張った。

scene 18

同級生たちがワクワクと浮足立つなか、あっという間に日々はすぎ、いよいよ待ちに待った修学旅行の当日がやってきた。

宿泊先に着くなり近くのスキー場にやってくると、はとりたちは歓声をあげた。

「雪だー‼」

「やったー‼」

空は真っ青によく晴れて、ゲレンデの雪が白く輝いているみたいだ。

雪に向かってみんなでいっせいに走って、次々リフトに乗り込んでいく。はとりも、弘光や中島とともにリフトに飛び乗った。リフトは幸田学園高校の生徒であふれていて、他のリフトとすれ違うたびに、『イェーイ！』とノリノリで声をかけあった。

スノボをやってもスキーをやっても、はとりは転ぶばっかりだけれど、さすがに弘光は運動神経抜群で、スノボのジャンプもかっこよく決まっていた。それにもちろん、スキーウェア姿もすごくかっこいい。

「あいつはなんでもできんだな」

めずらしく中島がそう弘光をほめる。

だよねー！　とばかりに、思わずそばに立つ中島の手を取って、はとりは歓声をあげた。

「弘光くーん‼」

そう大きく声をあげて呼ぶはとりに、弘光は笑顔を返した。

楽しげなはとりを――、利太が、ロッジからちらりと見つめる。

「……」

利太が誰を見ているのか気づいて、安達はなんとか明るい表情を作り、別の場所へ行こうと誘った。するとその瞬間、利太がはとりから視線をはずすのと前後するように、ふいに今度は、はとりがロッジを見る。

弘光とすごすようになってから、ずっと考えないようにしていた——でも、あれからずっと、利太は安達のそばにいる。

あの時、はとりに言っていた通り。

安達と歩く利太を、はとりは、ただ無言で見つめた。


スキー場を出たあとで、はとりは弘光や中島たちとともに、ヨーロッパの街並みを再現して造られたテーマパークに来ていた。どの建物も石畳やレンガの温かみのある色合いがすごく素敵で雰囲気がある。たくさんのヨーロッパの国旗が、テーマパークのあらゆるところを飾って揺れていた。

テーマパーク内にあるお土産屋さんに、はとりたちはそろって立ち寄った。お決まりの木刀がたくさん飾られたコーナーを見つけ、はとりは急いで駆け寄る。

「出たぁ、木刀！」

「あぁ、小学生のころ買ったわ」

「え、あたし中学ン時も買ったんだけど」

驚いてはとりが目をまるくすると、弘光はぷっと吹き出して笑った。

「マジで？　また買う？」

「てか、弘光くんは？」

「ん？」

「なにかないの？　……欲しいもの」

「ん、サプライズは？」

弘光に尋ねられ、思わずうつむく。

「それが……。選べなくて」

「え？」

「だって弘光くんなにあげたら喜んでくれるかわからなくって。でもあげるからにゃ喜んでもらいたいじゃん!?　で、グルグル考えてるうちにわかんなくなっちゃって」

早口でまくし立てるはとりをさえぎるようにして、弘光がスマホの画面を見せてくる。

液晶に映っていたのは、この近くにあるテーマパークの観覧車の写真だった。

はとりが顔をあげると、弘光はこう言う。

「ここ、行きたい」

「へ!?」

「夜、こっそりふたりで抜け出してさ……」

「⁉⁉」

「どう？」

　耳元でささやくようにして優しく言われ、はとりはドキリと胸を高鳴らせた。みんなにナイショでこっそり抜け出すなんて、ドラマみたいだ。ロマンチックだし、そんなの楽しみすぎる。ドキドキしながら、はとりは弘光を見つめた。

「……そんなことでいいの？」

「決まりね」

「う、うん！」

　モノじゃなくて、ふたりの思い出が欲しいということなのかな。

　嬉しさで、顔が緩みっぱなしになる。照れと恥ずかしさで弘光と目を合わせていられず、はとりは、お土産屋さんの売り場を見てまわった。

「あ！」

　ふと目に入ったキーホルダー売り場の前で、はとりは足を止めた。

　そこには、ずらりと犬のキーホルダーが並んでいる。

　犬のキーホルダーをひとつ手に取って、弘光が尋ねてきた。

「ね、コレ、買いっこする？」

「え！」

「恋人っぽくない？」

「ぽいぽい！」

犬を飼っていることは、ふたりの共通点だ。はとりはずっと、好きな人とこういう恋人らしいことをしてみたかったのだ。

――なんか今、あたし王道ヒロインっぽくない？

弘光を見つめると、弘光も、微笑（ほほえ）んではとりを見つめ返してくれた。弘光は、いつもはとりだけをまっすぐに見つめてくれる。

うん、やっぱり弘光くんだよ。

利太なんて、綺麗さっぱり……。

そう思っていると、弘光が、キーホルダーを買おうとレジにいる店員さんに声をかけてくれた。

「すいませ～ん」

「は～い」

「⁉」

ひょっこりとレジから出てきたお土産屋さんの店員のおばさんを見て、はとりはぎょっと声を失った。

久しぶりだけれど、一発でわかる。

それは、――利太を置いていなくなった、利太の母親だった。

「⁉」

――……利太のお母さん⁉

なぜに急に唐突に現れる⁉

どうしようか考える間もなく、店の外から男の子が駆け込んでくる。

「お母さん、ただいま～」

――子ども⁉

「はい、おかえり～」

笑顔で男の子を迎えてその頭を撫でる利太の母親の手には、キラキラと輝く大きなダイヤの指輪があった。

――ダイヤ⁉

さらにレジの奥に目をやれば、そこにはグアムで撮られたらしき家族写真が並んでいる。

――グアム⁉

衝撃を受けているはとりの前に、今度は女の子のふたり組が現れた。

それも、そっくりな顔をしている。

「お母さん」

「ただいま～」

――双子まで⁉

なんだこの幸せ家族は‼

その瞬間、はとりは、小学校のクラスメイトたちにからかわれて椅子(いす)を振り上げて怒り、泣いてしまった利太の姿を思い出した。

――こんなん見たら利太がどうなんの、泣いちゃう？

キレちゃう？

くるっちゃう？

死んじゃう？

顔面蒼白(そうはく)になったはとりの目に、その時、利太と安達の姿が飛び込んできた。

もう、こらえきれない。

気がついたら、はとりは大きな声で叫んでいた。

「わあああ‼」

「え、なに？」

突然絶叫したはとりに、隣にいた弘光もぎょっとする。

あわててはとりは、こうごまかした。

「い、今外に……中尾彬がいたっ！」

「え、マジで⁉　どこ⁉」

意外にも、はとりの言葉に中島が反応し、外へ出ていった。お土産屋さんの店内もざわつきはじめる。

「中尾？」

「ネジネジの人？」

とか、そんな声が店内のあちこちからあがる。

「利太！」

人混みをかきわけて、はとりは利太のもとへと走った。

「ほら利太も！」

「⁉」

ふいにはとりに手を取られて驚いている利太を、はとりは猛ダッシュで無理やり店の外へと連れ出す。

騒然とした店のなかで、――利太の母親が、あわただしく去っていったはとりと利太の背を見つめていた。

ぜえぜえと息を切らせながら、はとりと利太が店の外へ出ると、弘光と安達もあとから続いて出てきた。

「ふぃぃ～……」

「……そろそろ、手、離してもいいんじゃない？」

弘光にそう言われ、はとりは、利太の手をあわてて離した。

「ごめん」

「いや別に」

目を逸らしたはとりとは反対に、利太は、つい今まではとりとつないでいた手を見つめている。なんとかごまかそうとして、はとりは、周囲を見まわした。

「あれ～、おかしいな、たしかに中尾さんがこのあたりに」

すると、まるではとりの窮地を救うようなタイミングで、今度は中島が絶叫した。

「あ～！！！！」

人混みを指さし、中島は叫んだ。

「六角精児(ろっかくせいじ)ぃぃ!!!」

「え、どこ!?」

　驚いてはとりがきょろきょろすると、確かにメガネにオカッパ頭の六角精児がいた。それも、なぜだか靴ひもを結んで。

　はとりも素(す)で六角精児に食いついて、中島に負けずに声を張った。

「靴ひもを結んでるぅぅぅ!!」

　息を合わせたように、はとりと中島は六角精児を目指して走り出した。

　それと同時に、中尾彬目当てで出てきた他のお客さんたちも、『写真撮ってー!』などと叫びながら六角精児に向かって突進しはじめる。歓声をあげながらダッシュしてくる集団の勢いに、六角精児は怯(おび)えたように逃げていった。

「そんなに見たいか、六角さん」

　と、弘光も、はとりを追いかけるためにしぶしぶ歩き出す。

　けれど、そのなかで、利太のそばにいた安達だけは、その場にしゃがみ込んでしまった。

「安達!?」

　利太のあげた声に、弘光がふと振り返る。

「……」

安達は、利太の手をしっかりとつかんでいる。案ずるように、利太は安達の顔を覗き込んで、立ち上がらせた。

それを見て、弘光は、ちらりと弘光を見て、目を逸らした。

「大丈夫か？　どっか座ろ」

利太に支えられながら、安達は、ちらりと弘光を見て、目を逸らした。

それを見て、——弘光は、気がついた。

安達は、自分の助言を実行することにしたのだ。

「……あぁ、そういうこと」

だから、利太は、はとりを——。

けれど、弘光はなにも言わなかった。

そのまま、弘光は、利太と安達を置いて、はとりを追いかけていった。

夕方近くなるまでめまぐるしく歩きまわり、はとりたちは、ようやく宿泊しているホテルへと戻った。

割り当てられた部屋に入るなり、はとりはすぐに、自室の鏡の前で自分の姿を入念にチェックをしはじめた。髪やメイクが綺麗に整っているか、いろんな角度から、何回も何回も凝視(ぎょうし)しては少し手を入れる。

「……いつまで鏡の前に突っ立ってるつもり？」

仕上げにリップグロスを塗っている途中で同室の中島に突っ込まれ、はとりは鏡を見つめたまま唇をすぼめた。

「乙女心がわからんか、この愚かもん！」

「誕生日の彼を待たせてもいいの？」

「もう行くって！」

あわてて、はとりは身支度の仕上げをしてこっそりホテルを抜け出す準備をした。

「……次アンタに会う時は、弘光くんの彼女のアンタになってるんだね」

「あはは、なんだそりゃ」

「はとり」

「ん？」

振り返ると、いつになくまじめな顔で、中島がはとりを見ていた。

「後悔ないようにね」

どうしてか、どこか案ずるように、中島が部屋を出ていくはとりの背中にそう声をかけた。

部屋を出て、エレベーターへと向かいながら、はとりは、中島の言葉を考えていた。エレベーターホールにたどりつくと、前髪をいじりながら、ひとりつぶやく。

「……後悔なんてしないし」

と、待っていたエレベーターが到着し、扉が開く。

「!?」

そこには、利太が立っていた。

はとりと利太は、予想外に現れたお互いの姿に、同時に息を呑んだ。

それでも、エレベーターを乗りすごしてこれ以上弘光を待たせるわけにはいかない。はとりは、気まずい空気のまま、エレベーターへと乗り込んだ。

「……お、お元気ですか？」

「おう」

歩道橋で別れてから、こんな風にふたりきりで話すのははじめてだ。

ぎこちない口調で、はとりは利太に、当たり障りなくこう尋ねた。

「……どちらへ」

「安達ンとこ。具合悪くって……。おまえは？」

「あたしは……」

一瞬ためらい、はとりは正直に答えた。

「弘光くんのお誕生日祝い」

「そっか……」

「……」

しばし、沈黙が流れる。

と、その時、エレベーターの扉が開いた。

その瞬間、ふたりの顔がオレンジ色に染まる。

「!!」

その階は、展望台みたいに一面ガラス張りになっていて、窓の向こうに、綺麗な夕焼けが輝いていた。

世界が、空と夕日に包まれたような光景だった。真っ白な雪山も、はとりたちも、なにもかもが夕日に染められている。

「わぁ……!」

思わずはとりは歓声をあげ、エレベーターの外へと出た。利太も、はとりといっしょに窓の前まで出てくる。

ふたりは肩を並べて、キラキラと輝く美しい夕日に見惚(みと)れた。

――……あ、この感じ、知ってる。

はとりは、ふいに、そう思った。

まだ、小学生だったころ、泣いている利太を慰めて、歩道橋の上でいっしょに夕日を見た。あの日の夕日は、はとりの瞳に映るなにもかもを、特別に輝かせて見せた。

――……そうだ、あの景色に。

「……似てる」

そう、似てる。

そう思ってから、はとりはぎょっとして声をあげた。

「え⁉」

今の『似てる』という声は、自分じゃない。

利太だ。

はとりは、利太と――おなじことを、思ってしまった。気がついたら、ともにすごしたあの瞬間を、おなじように思い出していたのだ。

はとりは、利太と一瞬、目を合わせて見つめ合った。

けれど、すぐにはっと我に返る。

はとりには、行かなければならないところがあるのだ。

そして、利太にも。

「あ、えっと……じゃあ」

利太から目を逸らし、はとりは、閉まろうとしているエレベーターにあわてて乗り込んだ。

「……バイバイ」

「……おう」

ゆっくりと、エレベーターの扉が、閉まっていく。

利太は――修学旅行に来る前、学食で聞いてしまった話を思い出していた。きっとはとりは、このあと正式に弘光とつき合うことになるのだ。とうとう、完全に、はとりは利太の手の届かない場所に行ってしまう。

そう思うと、利太は、無意識にスマホを取り出して、はとりを撮ろうとしていた。――もう、『弘光の彼女じゃない』はとりと会うのは、これが最後になってしまうかもしれないから。

「……」

はとりもまた、そんな利太を、じっと見つめ続けていた。

利太がなにか言ってくれるのを、自分は待っているのだろうか。

そう思っても、はとりは、なにも言うことができなかった。

……やがて、エレベーターの扉が、完全に閉まる。

利太の姿は、エレベーターの向こうに消えてしまった。

エレベーターのなかに残されたはとりは、頭を壁に押しつけ、うつむいた。

「……」


閉じてしまったエレベーターの扉の前で、利太は、今撮ったばかりの写真を表示したスマホを見つめ、黙って突っ立っていた。

シャッターが間に合わず、撮ったばかりの写真は、エレベーターのドアが素っ気なく映っているばかりだ。

いつの間にか写真を撮るのが趣味になって、スマホにはたくさんの利太の気に入った瞬間が収まっていた。利太は、ふと気がついたようにそっと、スマホのデータフォルダを開いた。

「……」

そのまま、スマホをタップして、他の写真へと画面をスクロールしていく。

すると、これまで撮った写真が次々と表示された。
『空』。
『虫』。
『はとり』。
『月』。
『空き缶』。
また、『はとり』。
『街並』。
『学校』。
『はとり』、
『はとり』……。
気がつけば、スマホに撮りためた写真は、はとりでいっぱいだった。
いつも、利太が撮る写真は――いや、利太自身の目は、はとりの姿を追っていた。
本当は、もっと前から、気づいていた。
利太は、ずっと、はとりが好きだった。
けれど、利太はもう、安達のそばにいると決めたのだ。

本当に自分を必要としてくれていた時に、あれだけそばにいて想ってくれていたはとりを見捨てて――。

だから、安達のもとへ行く。

利太には……、それしかできない。


はとりは、昼間に行ったホテルのそばにあるあのテーマパークの観覧車前にいる弘光を見つけ、急いで駆け寄った。

「ごめ～ん、待った？」

目にまぶしいほどに輝く色とりどりの光が周囲に満ちるなかで、弘光は笑顔で首を振り、はとりを迎えた。

「抜け出すの、ラクショーだったね」

「だね」

「じゃあ、いこっか？」

少しためらって、はとりは歯を見せて笑った。

「うん」

これでいいんだ。

あたしは、弘光くんのことが好きなんだから。

弘光くんといるとすごく楽しくて嬉しくて、つらいことなんかなにもない。弘光くんはいつも、あたしの気持ちを一番に大切にしてくれるから。

だからきっと、今一瞬利太の顔が頭をちらついたのは……、気のせいだ。

scene 20

——エレベーターを降りて、安達の部屋の前まで行くと、利太はドアをノックした。

「……」

しばらく待っても返事がなく、どうしたのかと利太は眉をひそめた。

少し考え、ドアを開ける。

「安達？」

そっとそう声をかけると、奥から声が聞こえてくる。

「ね、ホントうざいよね、松崎さん」

「⁉」

「幼なじみだからって、なに？　人のものに手出していいわけないじゃん。性格ブスすぎるし」

「……」

安達が言っているとは思えない言葉に、利太は絶句した。おそるおそる、部屋の奥へと進む。

すると、他には誰もいないはずの部屋のなかで、安達に向かって、誰かが話しかけているのがわかる。

「手に入らないと分かった途端、もう次の男のところいっちゃったし……。超尻軽だよね。寺坂くんには釣り合ってないよ。きっと、キスもあの女から」

利太は、たまらずに部屋のなかへと飛び込んだ。

「はとりのこと、悪く言うな！」

けれど――、部屋のなかには、安達ひとりがいるだけだった。

他には、人の姿はない。

すると、安達の声が部屋に響いた。

「……誰もいないよ」

「え？」

驚いて、利太は目を瞬いた。

やがて、安達が鏡に話しかけていたことがわかる。

安達は、苦笑して目の前の鏡に映る自分を見つめた。

「こうやってね、たまにひとりでガス抜きしてるの」

「え？」

「ガッカリした？　でも今のが本音だよ」

今まで、いい子ぶって、偽善者ぶっていた。

きらわれたくなかったから。他の誰でもない、……利太に。

けれど、勇気を出して、安達は利太を見つめた。

「……」

「もっとガッカリさせてあげようか……。病気もウソ、仮病なの」

「なに言ってんだよ」

「寺坂くんをつなぎ止めたくて、ウソついたんだ」

驚いた表情のまま黙りこくっている利太に、安達はそっと近づいた。

「でも、もう疲れちゃった……。寺坂くんを必死につかまえてることにも、どんどんいやな奴になってくのにも……」

「……俺のせいだ」

「え？」

「俺がこんなんだから、安達につらいことばっかさせちゃったんだろ」

「……」


夜の観覧車に乗り込んで、はとりと弘光は、肩を並べて座っていた。観覧車のまわりは大きな池に囲まれていて、テーマパークを輝かせるイルミネーションを波間にそっと映していた。窓の外には、まるで宝石箱のようにキラキラと輝く、美しい夜景がどこまでも広がっている。

しばらく無言で弘光とともに夜景を見つめていたはとりだが、はっと気がつき、懐からあるものを取り出す。

「……あ、そうだ！　これ！」

それは、お土産屋さんで見た、あの犬のキーホルダーだった。

「……今日買いそびれちゃったから。実はホテルにもあってさ……」

「ありがとう……はとりちゃん」

弘光は、微笑んで、はとりを優しく抱きしめた。

そして、キスするかのように顔を近づけていく。


利太は、絞り出すような声で、安達に言った。

「……俺のせいで、いやな思いばっかりさせて」

「違う！」

そう叫んで、安達は、利太に抱きついた。

「絶対違う！」

「!!!」

「寺坂くんと出会わなかったら、私ずっと人の目ばっかり気にして、いい子ぶった偽善者で、恋がなんなのかもわからなかった」

だから、安達は、利太と出会えて、つき合えたことを、後悔していない。

相手を好きだからこそ、手を離さなくてはならない時もある。

他の誰でもない、利太の気持ちを、大切にしたいから。

今は、その意味がよくわかった。

『もし、寺坂くんが松崎さんのところにいっても、恨んだりしない』

恋を知ったばかりで、……失恋を知らなかった自分が口にしたことを、今度こそ意味をわかった上で、実行する時がきたのだ。

利太は、無言で安達を見つめていた。

「……」

「……ちゃんと言って。前に、私に言おうとしたこと」

唇を固く結んでいた利太だが、やがてそっと、口を開いた――。


薄暗い観覧車のなか、そっと弘光の吐息が近づいてくる。

弘光くんと、キス、するんだ。

今度は、一方的にとかではなくて、お互い想い合って。

大丈夫。自分は弘光を好きだから、大丈夫。これは、すごく嬉しくて素敵なことだから。

自分に言い聞かせるようにしてそう思い、はとりは、ギュッと目を瞑ってその瞬間を待った。

けれど、キスはしないまま、弘光は、そっと席を移ってしまった。

「はとりちゃん。正直に自分の心にしたがって……。今、頭に浮かぶのは誰？」

「!?」

驚いて目を開けると、弘光が、悲しそうに笑って、はとりを見つめていた。

その瞬間、一番大事な人と歩道橋で見た夕日が、はとりの脳裏によみがえる。どんなに頭から——そして、心から振り払おうとしても、どうしても忘れることができない。アイツと見た、あの夕日を。

気がつけば、はとりはぐっと涙ぐんでいた。

「……」

涙をこらえてうつむき、はとりは、ポツリポツリと喋りだした。

「アイツは……。ひとりが好きなくせに、寂しがり屋で」

今は安達とすごしているはずの利太の姿が、思い浮かぶ。

——おなじ時、利太もまた、安達に話していた。

はとりのことを。

「邪魔って言っても、ベタベタまとわりついて」

利太って奴は。

「高いところがバカみたいに好きで」

はとりは。

「思い込み激しくバカで」


離れた場所にいるはずなのに、はとりと利太の声が、シンクロしていく。


はとりと利太は、いつもいっしょだった。

「小三ン時、雪のなか呼び出されて」

幼い時から、ずっとずっと。

「小学校にでっかい雪だるま作ったら」

ふたりは、ともにすごしてきた。

「正門通れなくなって先生に怒られて」

楽しい時も。

「利太はあたしのことかばってくれようとしたんだけど、ウソつくの下手だから、余計怒られたりして」

……苦しい時も。

「昔っからトラブルばっか起こすし、いっしょにいるとたまにイラつくし」

どんな時も、ずっと。

「給食の時、あたしの皿にトマトいれてきて。あたしだって、別にトマトそんな好きじゃないのに」

小学生の利太が、いっしょに給食を食べているはとりの皿に、トマトを全部移す。

そんなくだらないことを繰り返しながら、ここまで来た。

高校生になったっていうのに、利太は変わらずはとりの皿にトマトを入れて、はとりは怒りながらそれを利太の皿に全部戻す。

あのまま、全然変わらずに。


たとえ離れた場所にいたとしても、はとりと利太の気持ちはそばにあって、ずっといっしょだった。

これまでも、そして、今この瞬間も。

はとりと利太の想いが、遠く距離を隔(へだ)てて、重なる。

「……本当は、どこの誰とでもすぐ仲良くなれんのに、俺のこと必要だとかいうし」

　バカだと思う。

「優柔不断でフラフラしっぱなしだし」

　本当に。

「すぐ泣くし、すぐ怒るし、すぐパニクるし」

　悪いところなら、いくらでも知っている。

「……いつだってあたしを地獄に落とすのは利太で、そこから引きあげてくれるのは弘光くんなのに……。弘光くんが好き……、なのに」

　そのはずなのに。

「俺みたいになにもない男に、安達は『俺のことを必要だ』って、俺といることで変われたって言ってくれた……だけど」

　どうしても――。

「消えないの」

　はとりの瞳から、涙がポロポロとあふれた。

「消えないんだ」

　別の場所にいるはずなのに、はとりと利太は、同時に互いの姿を思い描いた。

「……あたしの心から」

「俺のなかから……」

はとりと利太は、目の前にいる弘光と安達に向かって、ぺこりと頭をさげた。

「はとりが」

「利太が」

「「好きです」」

——気がつけば、いつもいっしょにいた。

自然すぎて、それがどんなに大事なことか、気づくのが遅れてしまった。

寂しそうにしているのかと思って、スマホをいじる利太に、はとりがちょっかいを出すと、利太は無反応で。

でも、ガッカリしていると、気がつけばはとりのムービーを撮って笑っていたりする。

突然うしろから抱きついてはいやがられ、またムービーを撮って笑われ、反撃のヘッドロックを食らったりして。

それでも懲りずに、はとりは利太を追いかけ続けた。

ずっと、利太がひとりになるのを怖がっていることだけは、知っていたから。

そして、利太もまた、はとりがついてきてくれると信じて、ずっと、そっと待っていた。

あの歩道橋で、これまで何度も夕日を見た。

恋に落ちた思い出の瞬間も、そうでない、他のたくさんの瞬間も。

「ごめんなさい」

はとりは、弘光にそう謝った。


利太も、安達にこう告げた。

「別れてください。最低なことしてごめん」

「……本当に最低だね」

「……ごめん」


弘光は、頭をさげているはとりを見つめた。

はとりといられて、楽しかった——すごく。

だけど、はとりのことを好きになればなるほど、はとりのことを知れば知るほど、……

きっとどこかで、いつかこういう瞬間が来ることには気づいていた。

だから、弘光は、ただこうつぶやいた。

「わかった……というか、わかってた」

「……ごめんなさい」

安達は、小さくこう答えた。

「……許さない、けど」

「……」

「行って……松崎さんのところへ」

利太は、目を伏せて歯を食いしばっている安達に頭をさげて、部屋を出ていった。


「……ホントごめんなさい」

「しょうがないよ、恋愛って理屈じゃないから」

弘光は、悲しそうに笑ってそう言った。

それは――はとりが、弘光とはじめてちゃんと話した時に言った言葉だった。あの時、はとりが意地を張って口にしてしまった、――でも、大事だったその言葉を、……弘光は覚えていてくれたのだ。これまで、ずっと。

はとりの瞳からは、次々に涙があふれ出した。

弘光は、ずっとはとりの気持ちをわかってくれていた。こんなにも自分の気持ちを大事にしてくれる弘光を、悲しませたくない。

それなのに、どうしても利太が好きだった。

「あたし、絶対後悔するよね……。だから、あたしが後悔したって絶対敵わない人見つけてね！」

弘光は、ふたたび腰をあげ、はとりのそばへと座った。

そして微笑み、はとりの涙をそっと指で拭う。

「オレのこと、誰だと思ってんの？」

唇を噛んで強くうなずき、はとりは、地上に着いた観覧車から飛び出した。

そのまま、もう振り返らずに、はとりは懸命に走った。


はとりを見送り、弘光は、そのまま観覧車にひとり乗り続けた。

はとりと出会って、話すようになってからの日々が、次々と思い出されていく。

楽しかった。

はじめて、本気で恋した人だった。

離したくないと引き止めることもできたと思う。けれど、安達には『どんな手を使ってでもつなぎとめなよ』などと言っておきながら、弘光はそうはしなかった。いや、できなかったのだ。どうしても離したくなかったけれど、そんな風にはとりの気持ちを計算してずるく立ちまわることなんて、自分にはできない。引き止めれば、はとりがどれだけ苦しむかわかっていたから。そのくらい、弘光ははとりのことをよくわかっていた。そして……、はとりを好きだった。他の誰よりも。

仕方がない。やるだけやったし、これ以上、どうしようもない。

そんなことはわかっていたはずだったのに、どうしてか――。

弘光の瞳から、ふいに涙がこぼれた。

「うわ、マジ⁉」

驚いて目を瞬(しばたた)きながら、弘光は、涙を何度か拭う。

観覧車が上へ昇っていき、また見えはじめた綺麗な夜景を眺めながら、そっとつぶやいた。

「……あぁ～、好きだったな」

安達に別れを告げ、利太はロビーを全速力で走った。

「はとりー‼」

利太は、大きな声で大切な人の名を呼んだ。途中で会った中島にはとりの行方を聞いたが、知らないとわかるなり、また駆け出す。スマホを取り出して、利太ははとりの番号を探そうとした。

が、その時、ふいに名前を呼ばれる。

「……利太？」

振り返ると、――そこには、幼い時に別れた、……母親が立っていた。

「⁉」

驚きのあまり、言葉が出ない。

けれどそれは、間違いなく、ずっともう一度会いたいと願っていた自分の母親だった。

母は、利太をじっと見つめている。あの時ひとり置いていった、利太のことを。


一方のはとりも、ホテルに戻ってきていた。

周囲を見まわすと、そこには、マッサージチェアでくつろいでいる中島の姿があった。

思わず号泣(ごうきゅう)して、はとりは中島の胸に飛び込んだ。

「だがでぃばぁぁ～‼」

「⁉」

「ねぇ、利太のこと見なかった⁉」

汚く泣きながら中島の顔を見上げると、中島は、そういえばというようにこう答えた。

「なんかさっき知らないオバサンと出ていった」

中島の言葉を聞いた瞬間、はとりは、はっとした。

利太に話しかけるオバサンなんて、心当たりはひとりしかいない。

「……お母さんだ」

「ふたりで、どっか行っちゃったよ」

そう言うと、中島は、利太とその母親の去っていったらしき方向を指さす。ぎょっとして、はとりは思わず中島にこう突っ込んだ。

「なぜ止めぬ⁉　愚（おろ）かすぎだぞ、中島‼」

すぐにはとりは、利太のあとを追いかけ走り出した。

けれど、その背に、中島の声がかかる。

「はとり！　……それがアンタの答え？」

「……うん！」

決意を込めた瞳で中島を見つめ、はとりは力強くうなずいた。

もう、迷わない。

はとりが本当に好きなのは、利太ただひとりだ。

さらなる猛ダッシュで、はとりは外へと向かった。

嵐のように去っていく親友の姿を見送り、中島はふっと微笑（ほほえ）んだ。

「愚かなのは、どっちだよ」

——お母さんとなんか会ったら、ただでさえ弱い利太のハートが……！

はとりはあせって、色とりどりのイルミネーションが輝く夜のテーマパークを、全力疾走で駆け抜けた。乗客もまばらなジェットコースターやメリーゴーランドの間をすり抜け、利太を探す。利太へのこれまでの想いが勝手に込みあげて、はとりの瞳に涙が浮かび、余計に夜のテーマパークはキラキラと輝いて見えた。

と、ようやく、塔の上の手すりに座る利太を発見する。

「いた！　また無駄に高いところに行きやがって！　利太ぁ!!!」

喉も裂ける勢いで、はとりは思いっきり声を張って叫んだ。

けれど、利太に声は届かない。

今にも手すりを離して下へ落ちていってしまいそうな利太の様子に、はとりは、はっと青くなった。

もしかして、飛び降りようとしてる!?

「早まるなぁ！！！！」

思わずまた叫んで、利太のいる場所に向かってはとりは走った。

「利太、利太！」

涙があふれてくる。

「利太があたしをきらいになってもいい、安達さんや他の子を選んでもいい、でもそれだけはダメ！　死ぬのは絶対ダメぇぇ!!!」

ぜえぜえと息を切らし、叫びながら、はとりはようやく塔の下へと到着した。

「利太!!!」

塔へ続く石畳の上にはたくさんのキャンドルが灯り、キラキラと輝いている。幻想的でとても綺麗な光景だった。けれど――、そこに利太の姿はない。

「!?」

きょろきょろと周囲を見まわしても、人の気配すら感じられない。

間に合わなかった……!?

「ウソ……。やだ、やだやだやだ！」

あまりの状況に、はとりはへなへなと座りこんでしまった。

取り乱してぐしゃぐしゃになった絵にもならない顔で、はとりは叫んだ。

「……利太ぁあぁあぁあぁ！」

けれども、その瞬間、パシャリと、シャッター音が近くで響く。

「へ？」

呆然(ぼうぜん)として振り向くと、いつの間にか、キャンドルの光のなかに利太が立っていた。利太は、はとりにこう言った。

「……まぎらわしいことすんな、バカ！」

「そんな風に叫ばれちゃ、出てきにくい」

でも、無事でよかった……！

はとりはまた、こらえきれずに大号泣した。

「いや、高いトコにいりゃ、おまえが見つけてくれるかなって」

「！！！」

思わずはとりは、泣きながら弾(はじ)かれたように顔をあげた。

利太は、はとりを見つめていた。

「本当は俺がおまえを見つけなきゃなんだけど」

「利太ぁ！！！！」

感極(かんきわ)まって、はとりは利太に抱きつこうとした。

けれど、その前に、頭を手で押さえられ、利太に阻止(そし)される。

「⁉」

「おまえ、母ちゃんのこと気づいてただろ」

ふいに指摘され、戸惑(とまど)いながらも、はとりはうなずいた。

「……うん」

すると、利太は、はとりを見て、なにかを思い出すようにこう言った。

「俺の名前叫んだときに気づいたってさ」

涙で震えた声で、はとりは利太に尋(たず)ねた。

「……会っちゃいましたか……？」

「幸せに暮らしてるって」

「……ショックでしたか……？」

「……いや」

そう首を振ると、利太は、はとりの頭を押さえていた手を離した。

——ホテルのロビーで、母親と再会したのは、ついさっきのことだ。

母は、利太を探してロビーまでやってきたのだ。彼女は成長した利太の姿にビックリして、『でかいよ』なんて言って明るく笑って、利太の腹にパンチまで食らわせてきた。

久しぶりに会った母は、底抜けに明るくて、すごく幸せそうだった。

そしてそれが……、利太にとっても、とても嬉しかった。

だから、いつの間にか追い越してしまった母の背丈を見て、利太も、『ちっちぇ』なんて、笑って返すことができた。

そんな風に利太が振る舞えた理由は、きっと——。

だから、利太は、はとりに向かってこう答えた。

「そりゃショックだったけど……。思ってたより、全然平気だった」

利太は、涙で濡れているはとりの瞳をしっかり見つめた。

「……ひとりじゃないから」

「ふぇ？」

「俺には、いつだって、はとりがいるから」

「!?」

「いいのか。俺、からっぽで、おまえのこと散々傷つけたし臆病もんだけど」

答えるより先に、はとりは、思いっきり利太に抱きついた。そして、利太の瞳を間近で見つめ、震えている声を張って一生懸命にこう言う。

「そんな利太が、あたしのヒーローなんだよ。世界でたったひとりの」

それが、そのことだけが、はとりにとって一番大切な真実だ。

するると、その瞬間、ふわふわとした粉雪が次々と舞いだし、キャンドルに照らされているふたりを包む。キャンドルのオレンジ色の光は、まるであの思い出の歩道橋で見た夕日みたいに温かく雪とふたりを染めていた。

やっと、利太が、はとりに気づいてくれた。

ずっと、はとりが、そばにいるんだっていうことを。

キャンドルの光が、利太を照らしている。でも、キャンドルなんかなくたって、はとりにとって利太はいつだって素敵で輝いている。ふたりでいられるなら、なにげない日常だって、他のどんなものよりもキラキラと輝くのだ。

「……へなちょこなヒーローだな」

「ヒロイン失格にはちょうどいいって」

はとりがそう言った瞬間、唇に、利太の唇がそっと触れていた。

それは、優しくて、甘くて、とても大切なキスだった。

唇が離れると、はとりは利太を見つめた。そして、力いっぱい微笑んで、『大好きだよ』という思いを込めて、利太に勢いよくキスを返す。

その勢いのまま、ふたりは石畳の上に倒れ込んだ。石畳に寝転び、オレンジ色の光を灯すキャンドルに囲まれながら、顔を見合わせて二人は笑い合った。

大好きな人がそばにいる。

気持ちが通じ合っている。

キラキラと輝くキャンドル。

ふわふわ舞い散る粉雪。

そして、いつもふたりの胸にある、あの思い出の歩道橋で見た夕日。

なにもかもが世界を輝かせるなかで、はとりと利太は、やっと取り戻したふたりだけの時間をなによりも幸せに思っていた。

舞い降りる雪がキャンドルのオレンジ色の光に照らされて柔らかく輝き、いつまでもふたりだけの世界を包みこんでいた。

エピローグ

怒濤（どとう）のように修学旅行が終わって、――いつもの学校生活がまたはじまる。
制服を着て学校へ向かう女の子は、今日も変わらず数えきれないほどたくさんいた。
近くを通った女子生徒を見ると、『脇役（わきやく）』という文字が浮かぶ。
――……あの子はクラスで全然目立たない脇役。
次の子には、『中ボス』の文字。
――あの子は最初ヒロインと敵対してるけど、途中で意気投合して親友になっちゃう中ボス役。

でもさ……。

脇役だろうがなんだろうが、もうなんだってよくない？

そうやって、少女漫画に見立てて、自分やまわりに役を割り振っては喜んだり落ち込んだりしていた自分が、バカみたいだ。

はとりの目に見えていた、女子高生たちの文字が次々と消えていく。

みんな、自分だけのストーリーのヒロインなんだ。

だから、笑顔はきっと、誰よりも輝いている。


利太と別れた安達は、少しだけ変わって、綺麗になった。

そんな安達に、真面目そうな男子生徒が、意を決したように声をかける。

「お、おはよう」

びっくりしていた安達だが、やがて微笑んで、「おはよう」とあいさつを返した。

安達だけのストーリーのなかで、誰よりも輝いて。

弘光がひとりで歩いていると、いつもの取り巻きの女子たちが駆け寄ってくる。

「もしかしてぇサボリィ？」

「まぁね～」

笑いながら、弘光が答える。

すると、目ざとく取り巻きのひとりがこう言った。

「あ、そういや別れたんでしょ、カノジョと」

「えマジ、じゃ遊ぼ？」

がっつくようにそう誘われたが、弘光は笑顔のまま首を振った。

「遊ばな～い」

「え？」

「……元カノ超えるカノジョ作らないといけないからさ」

にこっと笑ってそう言うと、あっけにとられている取り巻きたちを置いて、弘光は歩き出した。

――みんなみんな、世界でたったひとりのヒロインなんだからさ。

すると、はとりの背に、大好きな声が聞こえてきた。

「はとり！」

振り返るとそこには、いつもと変わらず、利太（りた）がいる。

利太は、嬉（うれ）しそうな笑顔ではとりを見つめていた。

はとりは、利太といると幸せで楽しくて。

利太も、はとりといると幸せで楽しくて。

ずいぶん遠まわりしてしまった。けれど、いろいろあったからこそ、気がつくことができた。いっしょにいることが自然なのは、ふたりの気持ちがおなじ――お互い想（おも）い合っているからだということに。

はとりは、自信に満ちあふれた笑顔で、自分を待っていてくれる、大好きなはとりだけのヒーロー――利太に向かって叫んだ。

「おう！」

※この作品はフィクションです。実在の人物・団体・事件などにはいっさい関係ありません。

集英社オレンジ文庫をお買い上げいただき、ありがとうございます。
ご意見・ご感想をお待ちしております。

●あて先
〒101-8050　東京都千代田区一ツ橋2-5-10
集英社オレンジ文庫編集部 気付
せひらあやみ先生／幸田もも子先生

映画ノベライズ
ヒロイン失格

集英社
オレンジ文庫

2015年 8 月25日　第1刷発行
2017年 7 月11日　第9刷発行

著　者　せひらあやみ
原　作　幸田もも子
発行者　北畠輝幸
発行所　株式会社集英社
〒101-8050東京都千代田区一ツ橋2-5-10
電話【編集部】03-3230-6352
【読者係】03-3230-6080
【販売部】03-3230-6393（書店専用）
印刷所　株式会社美松堂／中央精版印刷株式会社

※定価はカバーに表示してあります

ISBN 978-4-08-680035-8 C0193

真堂 樹

お坊さんとお茶を

孤月寺茶寮ふたりの世界

美形僧侶の空円と派手僧侶の覚悟が営む
孤月寺（こげつじ）に転がり込んだ三久は、ある日、
墓地で謎の男を発見。豆腐屋の主人だと
いう男は妻の墓参りに来たようだが…？

――〈お坊さんとお茶を〉シリーズ既刊・好評発売中――

お坊さんとお茶を 孤月寺茶寮はじめての客

集英社オレンジ文庫

ひずき優

書店男子と猫店主の長閑なる午後

横浜元町『ママレード書店』。駆け出し
絵本作家の賢人はオーナーの馨に誘われ
バイト中。ちなみに店主は猫のミカンだ。
最近、白昼夢を見る賢人だが…?